感悟一生的故事

感悟 生命

曹金洪　编著

北方妇女儿童出版社

·长春·

图书在版编目（CIP）数据

感悟生命 / 曹金洪编著 . –– 长春：北方妇女儿童出版社, 2010.6（2024.3重印）

（感悟一生的故事）

ISBN 978-7-5385-4663-7

Ⅰ. ①感… Ⅱ. ①曹… Ⅲ. ①故事 – 作品集 – 世界 Ⅳ. ①I14

中国版本图书馆CIP数据核字(2010)第083501号

感悟生命

GANWU SHENGMING

出 版 人	师晓晖	
策 划 人	陶　然	
责任编辑	于　潇　刘聪聪	
开　　本	710mm×1000mm　1/16	
印　　张	11.5	
字　　数	200千字	
版　　次	2010年6月第1版	
印　　次	2024年3月第6次印刷	
印　　刷	旭辉印务（天津）有限公司	
出　　版	北方妇女儿童出版社	
发　　行	北方妇女儿童出版社	
地　　址	长春市福祉大路5788号	
电　　话	总编办：0431-81629600	

定　　价　　49.80元

前言

　　是浮华的风带不走燥热的怅然，是盲动的雷也震不醒驿动的灵魂。这世间的一切，太多的幻想，太多的浮华，太多的……只有呼吸着的每一天，才感受到她的价值，她的真实。此刻，生命对于我们来说，只有一次，可以把握，可以珍惜。

　　于万千红尘中，我们不停地奔波着，劳碌着，快乐着，也痛苦着，其目的就是为着生活，为着活着的质量。是血浓于水的亲情带着我们赤裸裸地来到这个尘世，当我们响亮的第一次啼哭，带给父母这一辈子最动听的音乐的同时，我们便与亲情紧密相连，永不可分了。也许前行的路荆棘丛生，也许前行的路坑坑洼洼，也许前行的路一马平川，但我们只要带着亲人们真切的惦念，带着亲人们殷殷的祈盼，就不会迷失前进的方向，就不会沉沦于泥潭沼泽里而不能自拔。

　　历经人生沧桑时，或许有种失落感，或许感到形单影只，这时，总会有一种朋友，无须形影相随，无须感天动地，无须多言，便心灵交汇，又能获得心灵的慰藉；在饱受风霜时，总会有一种朋友，无须大肆渲染，无须礼尚往来，无须唯美的表达方式，就能深深地感受到一种力量与信心，就能驱动前行的脚步。朋友无须多而在于精，友情也不必锦上添花，而在于雪中送炭。

　　童话故事里，我们经常看到王子吻醒了沉睡的公主，或是公主吻到中了魔法的青蛙，便可以幸福地结合在一起，永不分开。在这世上，也许有一份真爱可以彼此刻骨铭心到地老天荒，也许有一种真情彼此生死相依到海枯石烂。而这份真情、这份真爱却因世事的沧桑而深入到人们的骨子里，成为人们心中永恒的痛。

　　爱，有时，真的就是一种感觉，一种魂牵梦萦的感觉；有时，真的就是一种意境，一种心手相携的意境；有时，又会是一种情怀，一种两情相悦的情怀……

也许，真的如他人所说吧，亲情、友情、爱情，抑或其他值得珍惜的情谊，只是一种修为。所有的绝美，也许应该有一个绝美的演绎过程。我们所能做的，就只有把这种"永存"记录下来，让更多人从中获得感悟，获得启迪。

岁月如歌，有一些智慧启发我们的思想；有一些感悟陪伴我们的成长；有一些亲情温暖我们的心房；有一些哲理让我们终生受益；有一些经历让我们心怀感恩……还有一些故事更让我们信心百倍，前进不止。一个个经典的小故事，是灵魂的重铸，是生命的解构，是情感的宣泄，是生机的鸟瞰，是探索的畅想。

这套丛书经过精心筛选，分别从不同角度，用故事记录了人生历程中的绝美演绎。

本套丛书共20本，包括成长故事、励志故事、哲理故事、推理故事、感恩故事、心态故事、青春故事、智慧故事、人格故事、爱情故事、寓言故事、爱心故事、美德故事、真情故事、感恩老师、感悟友情、感悟母爱、感悟父爱、感悟生活、感悟生命，每册书选编了最有价值的文章。读之，如一缕春风，沁人心脾。这些可贵的精神食粮，或许能指引着我们感悟"真""善""美"的真正内涵，守住内心的一份恬静。

通过这套丛书，我们不求每个人都幸福，但求每个人都明白自己在生活。在明白生命的价值后，才能够在经历无数挫折后依然能坦然地生活！

目录
Contents

生命的过客

深深的体谅

生命之舟

替一朵花微笑

生命的过客

　　我不是谁的谁，我是自己的定义。也许某人在我们的生命中占有很重要的地位，但终究只是一部分而已。不要以为失去了某人就失去了全部，或许，他原本就是我们生命中的一个过客，仅此而已。

生命的华衣

语 梅

开会的时候，遇到一位老太太，又美丽又丑陋的老太太。

她气宇轩昂地坐在椅子上，仿佛倨傲高贵的女王。女友说，瞧，核桃皮似的，还打扮得艳如桃花，语气中的蔑视和不屑无遮无拦。

我还发现老人扶在椅子把手上的左臂不停抖动，从袖口伸出的则是一只干燥树皮样的手。

但，无法否认，她打扮得极其精致：梳得纹丝不乱的发髻，两只银光闪动的大耳环，朱红色光滑如水的裙子；连指甲都精心修剪过，涂着淡紫色的油彩。我微微笑了笑，算是打招呼。目光落在她发抖的手臂上。

涂了口红的嘴唇咧开，她表情愉悦，虽然丑，却亲善。"我患了帕金森氏综合征，已经两年了。"她更柔和地凝视我，"你觉得我很可怜是不是？"

我诚恳地摇头。这样的打扮一定专门有人伺候，绝不该属于可怜的人。

"我很丑是不是，不该这样卖弄？"

我无法表态。相貌的丑陋似乎跟装扮的美丽不搭界，但是，假如有一天，我变丑、变老、变得身残体弱，会不会自暴自弃？她不再解释，浅浅笑，风轻云淡。

传说蜗牛从前是没有壳的。软绵绵的身体上伸出丑陋的触须，很多动物都对它嗤之以鼻。蜗牛爬到上苍那里去，祈求上苍赐给它一副壳。

为什么一定要装副美丽的壳呢？虚伪还是自欺欺人？

蜗牛沉思片刻，郑重回答：为了仅此一次的生命。

很久以后，我想起那个已经淡忘了容颜的老太太，突然肃然起敬。

还有什么比生命更珍贵的？为这仅此一次的生命，难道不该活得漂漂亮亮？！

心灵 寄语

不论是豆蔻少女，还是耄耋老妇，都有追求美丽的权利，这是一种积极、自爱的生活态度。若是女人自己都不爱惜自己，整天衣衫不整、邋邋遢遢，又有哪个男人会喜欢你呢？

影响一生的问候

佚 名

那年，我从一个边远的山村告别了父母和朋友，来到了南方这座大城市的一所名牌大学。刚上大学的我，穿着寒碜，普通话里夹杂着浓重的乡音。在那些城市同学和富裕农村同学面前，我有一种本能的自卑感。自卑的结果是班上组织的活动我很少去参加，即使参加的时候也是一个人躲在角落里。大学学习又不像中学，上课去，下课散，这样的上课形式对我这样孤僻的学生更为不利。快两个月了，除了本宿舍同学外，我几乎很少和其他同学说过话，对于班上那些花枝招展的女孩子更是陌生得很。同学们似乎忽略了我的存在。

我记得在那些落叶纷飞的日子里，我的心日渐落寞和苍凉，我只是盼望着那个学期的结束，我好离开这个陌生的环境，回到温暖的老家。我天天像小时候盼望过年一样掐指计算着回家的日子，我靠着给家人和高中时的朋友写信来维持我的情感渴求。

天下的事情往往会有例外，这样就产生了许多动人美丽的故事。虽然这样的故事天天都在发生，但那一次对我来说却有着特别的意义。

我清楚地记得那天是个好天气，太阳高高地挂在空中，在那样一个阴晦的冬季，有太阳的日子不是太多。我在大操场上懒懒地晒了一会儿太阳，然后蔫蔫地去图书馆，有一篇学期小论文应该开始动手做了。在去图书馆的路上时，迎面走来一个高挑的女孩子，我知道她是我们班的，在这样的漂亮女孩子面前，我一向是自惭形秽的，我本能地缩了缩身子，朝路边站了站，好给这位美丽的女同学让路。

"嗨！"她突然朝我这边微笑了一下，向我这边打了个招呼，我慌忙四下看了看，确定在我身后是一棵高高的白杨树，而没有别人。她的确在向我打招呼！我也记得她当时的声音是我听过的最为美好的声音，尽管只是那么短促的一个音，我却觉得像我家后山上那股清泉一样在我心头紧紧地萦绕了好几年，令我的心总是充满着温情。当时，我在班上成了被遗忘的人，好多男生都不搭理我，更不用说女生了，我怎能不对那声问候充满了感激呢？

我当时莫名其妙地红着脸，讷讷地对她说："你也是去图书馆吗？"真是昏了头，明明看见她从图书馆出来。她善解人意地对我微微一笑，然后离去了。我看着她远去的背影呆呆站立，久久没有回过神来，没有注意到来往同学好奇的目光。

从那以后，我逐渐克服着我的自卑感，在班上渐渐变得活跃起来，很快就与全班同学熟识了，大家见面都和我打招呼。成了大集体的一员，我的心里是多么快活啊！我发现原来的自卑是完全没有必要的，大家都是那么的谦虚与和善。在一种友好和谐的气氛之下，我的学识增长得很快，我这时才真正地感受到大学的意义，当然我时刻都没有忘记那个使我摆脱困境的女同学，没有忘记那一声使我从低谷中走出来的问候。后来我和她见面还是互相打招呼，她的声音依然是一样的动听，笑容依然是一样的美丽，但后来这些

问候和笑容我大多忘却了，只有当年去图书馆路上那声问候和那片笑容一直刻画在我心灵的荧屏上，时时上演。

　　也许我们不经意间的一个招呼就能改变一个人，不经意间的一个微笑就能融化一个人心中的坚冰。以友好的心态对待身边的人，世界会更美好。

放弃的快乐

秋 旋

那天，一家人在一起看《开心辞典》，大家越来越喜欢这个节目，因为充满了智慧和人性化的美丽。

总有许多梦想会被实现，总有前面的陷阱在等待着你，女主持人的微笑却永远那么迷人。她总是问你，继续吗？如果继续就有两种结果，一个是成功，接着往前进；另一个是失败，退回到你原来的起点。不进则退，不可能让你在原地待着，还能保持住已经取得的成绩。

答对12道题的人并不多，往往是 3 道、6 道或者 9 道题就淘汰出局了，但我看了很多选手，都是一直往前。有一个人，已经到了第 9 道题，但因为一次失误，又回到了从前的点数。

一种新玩法，非常刺激。

此时，我正在犹豫是否考研。就业压力大得让人喘不过气来，许多人都在考研、考博，其实不过是找一个避风港而已，暂时让自己再回到象牙塔里。其实于我而言，这样的前进，似乎意义不大。

我知道自己更需要一份稳定的工作，或者再确切点儿说，我希望在社会上磨

炼自己。

弟弟在读大二，那天他也在，他一直说："姐，考研吧，现在考研多热啊，将来大本还上哪儿混去啊？"

我知道他说得不对，那些CEO们好多连本科都不是，学历并不能证明一切，面对两难的选择，我真的在彷徨。

那个答题的人一直很幸运，一路到了第9道题。他怀孕的妻子就在台下，去掉个错误答案、打热线给朋友、求助现场观众，他都用过了，到了第9题，当他把自己所有设定的家庭梦想都实现后，女主持人问："继续吗？"

"不。"他说，"我放弃。"

我一愣，女主持人也一愣。因为很少有人放弃，那是在全国电视观众面前，失败或成功都可以理解，本来就是一场智力加机遇的游戏。

但他放弃了。弟弟说："真不像个男人，要是我，一定会答。放弃干什么，太保守了，不就是答错了往回扣分吗，万一答对了呢？"

女主持人继续问他："真的放弃吗？"而且一连问了三次。

他连犹豫都没有，然后点头，真的放弃。

"不后悔？"女主持人问。

他笑："不后悔，因为应该得到的已经得到了。"

坐在电视机前的我，心里一阵激动，多好的话啊，不后悔，因为应该得到的已经得到了。

最终，他只答了9道题，没有接着冲向完美的12道，但是他说，已经很满足了，因为人生有许多东西必须放弃才会得到。

"必须放弃才会得到！"多好的一句话啊！

另一个男主持人问他："如果将来你的孩子长大后问你，爸爸，那天在《开心辞典》你为什么放弃了，你会怎么说？"

他说："我会告诉他，人生并不一定非要走到最高点。"

主持人说："那你的孩子如果问，那我以后考80分就满足了，你怎么说？"

他笑着说："如果他觉得高兴，如果他付出自己应该付出的努力，那么我认同。"

全场响起了热烈的掌声。

那是一种更豁达的人生态度吧！我们从来都以为要追求、永远追求，要一直向前，哪怕跌得头破血流。爬山时我们要达到山顶，在半山腰上停下的人会被看不起；跑步时我们要撞到红线，仿佛那才是唯一的目的。

但我也知道，也许半山腰的风景更美丽，因为空气浓厚，所以生长着各式各样的植物和动物；也许山顶上可以一览众山小，可谁知道它是不是显得更加寂寞、孤单？跑步的人，如果停下来看看风景有什么不好？为什么，非要去撞那条红线？

从来不知道，原来，放弃也可以是一种快乐，一种美丽。

因为放弃是另一种姿势，是我们准确地衡量自己把握自己做出的最现实的决定，它不是保守，不是退缩，而是为了得到最好的应该属于自己的一切。

弟弟一直在说着那个人的保守和老土，一点儿也不酷，但我笑了，我知道自己应该怎么做了。

过了几天，我告诉家人，我放弃了考研，到一家公司从秘书做起了。眼高手低，并不能找到一份好工作；而脚踏实地，寻找自己那块应该属于自己的天空，才是我真正要做的吧！

那天《开心辞典》对我的影响，是让我找到了一种新的生活态度，在很多时候，在学会进取的同时，也应该学会放弃。

因为在理智的放弃面前，放弃，是美丽的。

心布阴霾，命运将是黯淡的；胸藏阳光，生活将是明媚而幸福的。

　　人生苦短，我们的精力也是有限的，因此我们要学会取和舍。只有放弃一部分，才能使另一部分完美。舍得，舍得，有舍才有得。

心中的狼

诗 槐

北京有一个人，要花钱买个宠物来玩。他在狗市上转悠，有人便向他推荐了一只小狗崽。这只小狗崽骨架子很大，一打眼就知道是长大了以后极凶猛的那一种，于是他便掏钱把它买下了。

回来之后，小狗顿顿吃肉，又有专人照料，长得很快。不久，一条剽悍、强健、虎虎有生气的大狗便站立在主人面前。那人十分高兴，逢人便炫耀。但是后来随着时光的推移，他发现这条狗的眼神有点儿不对劲，阴阴的，瞅人时透出一股瘆人的凶光。他心里一惊：这别是一只狼吧！于是他立即找人打制了一个铁笼子，把"狗"围了起来，"狗"在笼子里凶相毕露，不安地走来走去，并低声长吼。那人去动物园找了个专家来家里，最后确认：这的确是一只狼！

那人惊出了一身冷汗！

这只是个偶然事件，然而有一种名叫"欲望"的动物却会在我们心中生长，小的时候它生动可爱，可是待它一长大，你控制不了的时候，它就会成为你生活里的狼，咬伤别人和自己。这条心中的狼才是我们最应警惕的啊！

心灵**寄语**

　　欲望是人与生俱来的，没有欲望就不会有索取，没有索取就不会有追求，没有追求就不会有人类的进步。重要的是如何控制自己的欲望，不能被欲望冲昏了头脑。

人生的疑问

千 萍

著名哲学家维特根斯坦在剑桥大学学习时，曾是大哲学家穆尔的学生。

在穆尔授课期间，维特根斯坦是最令他头疼的学生。维特根斯坦总有问不完的疑问，一个接一个，没完没了。常常一堂哲学课会被维特根斯坦的种种疑问搞成了维特根斯坦提出疑问、穆尔一一解答的答辩课。甚至在休息时间，维特根斯坦也穷追不舍，不离不弃地紧跟着老师穆尔。在剑桥大学，维特根斯坦是一个有名的"问题篓子"。

有一天，穆尔的朋友、著名哲学家罗素登门和穆尔闲聊，他问穆尔："谁是你最出色的学生？"

穆尔毫不犹豫地回答说："是维特根斯坦。"

罗素问："为什么呢？"

"因为在我所有的学生中，只有维特根斯坦老是有一大堆学术上的疑问。"穆尔回答说。

十几年过去后，维特根斯坦在哲学界的名气不仅远远超过了自己的导师穆尔，而且也超过了大哲学家罗素，声名鼎沸，如日中天。这时，穆尔拜访罗素问："知道和维特根斯坦比较起来，我们为什么落伍了吗？"

罗素听了，静静思忖了一会儿，回答说："因为我们提不出疑问了，而维特根斯坦却还有一大堆的疑问。"

心灵寄语

作为学生，也要一直心中有疑问，去和老师探讨，才能快速进步，日后取得骄人的成绩。

经营梦想

雨 蝶

他生长在一个普通的农户家里，小时候家里很穷，他很小就跟着父亲下地种田。每次在田间休息的时候，他都坐在田边望着远处出神。父亲问他想什么，他说，他将来长大了，不要种田，也不要上班，他想每天待在家里，有人给他往家里邮钱。父亲听了，笑着告诉他："荒唐，你别做梦了！我保证不会有人给你邮。"

后来他上学了，有一天，他从课本上知道了埃及金字塔的故事，他就对父亲说："长大了我要去埃及看金字塔。"

父亲生气地拍一下他的头，说："真荒唐！你别做梦了！我保证你不会去。"

十几年后，少年长成了青年，考上大学，毕业后做记者，写文章、写书，平均每年都出几本书，一本书就卖了几百万册。他每天坐在家里写作，出版社、报社给他往家邮钱。他用邮来的钱去埃及旅行，他站在金字塔下，抬头仰望，想起小时候爸爸说过的话，他在心里默默地对父亲说："爸爸，人生没有什么能被保证！"

他——就是台湾最受欢迎的散文家林清玄。他那些在他父亲看来十分荒唐不可实现的梦想，在十几年后都被他变成了现实。

我们每个人小时候都有一个美好梦想，有的想当作家，有的想当画家，有的想当科学家。正是这些梦想，为我们的未来种下了一颗成功的种子。因为梦想就是希望，是一种直觉，是与你天性中的潜质最密切相关的。但是梦想又往往和现实有着太遥远的距离，所以需要经营。经营梦想就是通过自己不懈的努力把看似遥远甚至有些荒唐的梦想一步步变成现实。每个人最初的梦想，在别人看来都是不可行的，因为别人只能用已知的理论来判断梦想的价值，而世界上许多在当时被看作虚拟、荒唐、不切合实际的梦想后来都一一变成了现实。所有的伟大发明、创造基本上都是从最初的虚拟、荒唐逐渐走向清晰并最终变成现实的。林清玄是一个农家子弟，他想让别人给他邮钱，想上埃及看金字塔，这听起来十分好笑，连父亲都嘲笑他，但是他为了实现自己的梦想，十几年如一日，每天早晨4点就起来看书写作，每天坚持写3000字，每年就是一百多万字，终于成为台湾最优秀的散文家，实现了自己的梦想。

每一个成功者，最初的时候他们和我们一样，种下自己的梦想，但不同的是：他们会经营梦想，把梦想当作自己生活的目标，每天为了这个目标而努力学习、勤奋工作，一点点缩短现实与梦想的距离，最终把梦想变成现实；而不是把梦想仅仅作为梦想，夜晚的时候在梦中想一想，白天的时候又放下，退回到现实生活中，不想，也不付诸行动。

心灵 寄语

一位哲人说过，世界上一切的成功、一切的财富都始于一个意念，始于我们心中的梦想。也就是说：成功其实很简单。你先有一个梦想，然后努力经营自己的梦想，不管别人说什么，你都永不放弃。你要坚信：世界上没有什么能被保证，只要我们能梦想的，我们就一定能实现！

一间自己的房子

晓雪

英国女作家维吉妮亚·伍尔芙说过：女人要想从事写作的话，一定要有私房钱以及自己的房间。也许时代不同了，我不是因为有了私房钱和自己的房间才从事写作；相反，是写作给了我私房钱和自己的房间。也因此，我可以真诚地说，我无限热爱写作。

喜欢写作，是很早以前的事了，而决定写作，仅仅是在三年前，我因为业余时间写了几篇还像样的稿子而获许参加一次笔会，编辑通知我的时候，我正在酒店和朋友们吃饭，她告诉我把身份证复印件传真给她，给我办护照和机票。我这才知道，现在的笔会已经开到国外去了。那次笔会回来，我就对自己的人生来了场革命，辞职回家，专事写作。

写作其实很简单，只要一台电脑和一个大脑，就可以开始了。如果说和过去有区别，无非是早晨不用被闹钟吵醒，不用挤在路上，不用看老板脸色，我面对的是两个不同的墙面，可以睡到自然醒，仍赖在床上不起来，望着天花板，从记忆里打捞过去岁月积累的生活和感受，构思好今天要写的文章框架，然后从床上爬起来。第一件事是打开音响，放一段摇滚或爵士乐，最喜欢听的是《挪威的森林》，常常忍不住跟着节拍跳，让自己兴奋起来，把感情世界的大门打开，一边喝咖啡，一边静思；然后打开电脑，对着屏幕敲键盘，写完后再读一遍，略作修改，一篇稿子就这样被生产出来了。

最初，我给自己制定了一张作息时间表，规定每天早晨7点钟起床，可是总也做不到。每天一睁眼就是在八九点钟，就和自己生气。后来想一想也就算了。制度都是老板制定出来约束下属的，既然现在自己做老板，就不要再难为自己，而且写作是一个松散性极强的工作，不能按写字间的要求来做。所以我给自己换了一份弹性工作制，规定每天写一篇千字左右的文章，剩余时间随意，喜欢什么就做什么，阅读、聊天、泡吧，不喜欢可以什么也不做。反正对一个写作的人来说，站在窗前沉思也是工作。

工作是为了生活，但生活不是为了工作。大多数人在志趣和谋生之间，都存在很大的差别，我也一样。现在我找到了使这种差别缩到最小的方式，就是在家写作。并不是每个写作的人都和我一样，我很幸运，因为我喜欢和擅长写的既不是那种厚重深刻、阅读起来劳心费神的纯文学，也不是那种根本不需要阅读只是随手一翻的低俗文学，而是介于二者之间、短小精致、简练直白、目前最受报纸、杂志、读者欢迎的生活美文。也因此，我每个月的稿费抵得上一个白领丽人的月薪，而又不必承受她们那样的心理压力。

一位在猎头公司工作的朋友告诉我，衡量一份工作好不好，主要有三点：第一，自己是否快乐、开心；第二，自己是否成长、提升；第三，收入是否满意。这三点我都具备，所以不打算改变。写作三年多，文章遍天下，出版五本散文集，一部长篇小说，我用稿费付了房款。写作，不仅给了我自己的房间，而且给了我一间完全属于自己的房子。有人说，有三样东西女人不能自己买：钻石、

汽车和房子。我一向素面朝天，钻石不需要；在家写作，汽车也显多余；唯一需要的就是房子。我曾经有过自己的房子，但那不是真正意义上的自己的房子，现在是了。女人自己买房子的最大好处是——你不必在男人的夹缝中生存，可以在轻松与随意之中，为自己而活。

心灵寄语

　　其实一个房子的意义不止是简单的居住定所，还意味着精神上的独立。不对他人抱有依赖，靠自己的能力简单、快乐地生活，这值得很多女性深思。

荒岛上的公爵兰

佚 名

挪威有一位叫威廉姆斯的探险家，从20岁开始做环球旅行，40年来，几乎走遍了世界上所有著名的荒漠、丛林和深山峡谷。

1982年，在结束南非裂谷带的探险后，记者曾问他有何感想。他说，我始终有两大遗憾：一是为世人遗憾，地球上有那么多瑰丽的景色，世人竟不得一睹；二是为景色遗憾，它们那么壮观美丽，却不为世人所知。

1991年，他到新西兰的斯奈尔斯岛，这次旅行彻底改变了他的这种心态。斯奈尔斯是新西兰南部的一个小岛，仅6.7平方公里，由于远离新西兰本土，终年人迹罕至。威廉姆斯踏上这座小岛，发现这里竟生长着成片的公爵兰。这种兰，花姿奇秀、香味馥郁，在挪威甚至整个欧洲被列为群芳之冠。看到这些兰花，他想，这些名贵珍稀的花卉如果在欧洲早就被呵护着去装点总统套房了，可是在这儿它们却寂寞地生长着，几百年甚至上千年都无人知晓。

正当惋惜之情再一次从心底油然升起时，不经意间，他发现在一个小山崖上有一窝野蜂，它们正忙碌着，把兰花上的花粉和蜜带回蜂窝。威廉姆斯看着眼前的一切，十几年的迷惑好像一下子被解开了。他在当天的旅行日记中这样写道：

这一片公爵兰，有这一窝野蜂不就够了吗？有什么可遗憾的呢？世界上奇绝的景色，有一两个探险家走近过目睹过，不也就行了吗？

威廉姆斯的大部分时间是在野外度过的，他对大自然有许多超乎寻常的体悟。当我坐在书桌旁，合上他那本游记时，似乎觉得尘世中的一些迷惑也开始雾尽天朗：一些有才华的人默默无闻，这又有什么可遗憾的呢？威廉姆斯的发现告诉我们：一个人的才华没有必要在所有的人面前显露，在这个世界上，有一两个人赏识也就足够了。

心灵寄语

花开不是为被人赞美，而是为传播花粉，繁殖下一代。同样，才华不是为被人称赞的，而是为人所用、实现价值的。谁说有才华的人就一定要声名显赫？皆是世间庸人为人扰。

富商的遗嘱

碧 巧

　　一位富商，英年早逝。临终前，见窗外的市民广场上有一群孩子在捉蜻蜓，就对他四个未成年的儿子说，你们到那儿给我捉几只蜻蜓来吧，我有许多年没见过蜻蜓了。

　　四个孩子飞速下楼，来到了广场。

　　不一会儿，大儿子就带了一只蜻蜓上来。富商问，怎么这么快就捉了一只？大儿子说，我用你刚才送给我的那辆遥控赛车换的。富商点点头。又过了一会儿，二儿子也上来了，他带来了两只蜻蜓。富商问，这两只蜻蜓都是你捉的？二儿子说，不，我把你刚才送给我的那辆遥控赛车租给了一位想玩赛车的小朋友，他给我 3 分钱，这两只是我用 2 分钱向另一位有蜻蜓的小朋友租来的。爸，你看这是那多出来的 1 分钱。富商微笑着点点头。

　　不久，老三也上来了，他带来了10只蜻蜓。富商问，你怎么捉这么多蜻蜓？三儿子说，我把你刚才送给我的那辆遥控赛车在广场上举起来，问，谁愿玩赛车，愿玩的只需交一只蜻蜓就可以了。爸，要不是怕您急，我至少可以收18只蜻蜓。富商拍了拍三儿子的头。

最后到来的是老四。他满头大汗，两手空空，衣服上沾满尘土。富商问，孩子，你怎么搞的？四儿子说，我捉了半天，也没捉到一只，就在地上玩赛车。要不是见哥哥们都上来了，说不定我的赛车能撞上一只落在地上的蜻蜓呢。富商笑了，笑得满眼是泪，他摸着四儿子挂满汗珠的脸蛋儿，把他搂在了怀里。

第二天，富商死了，他的孩子在床头发现一张小纸条，上面写着：孩子，我并不需要蜻蜓，我需要的是你们捉蜻蜓的乐趣。

心灵寄语

相信多数读者在读这则故事的时候，都会以为富商让四个儿子捉蜻蜓是为了考察他们，以确定遗嘱。这是我们的思维定式，寓言不都是这样嘛！然而富商只是为了让孩子们快乐，大家都想错了。这才是人之常情，将死之人，早已把身后之事看淡，享受一下天伦之乐，才会没有遗憾。

生命的过客

静 松

当他告诉我他要离开的时候，我感到自己就如碎裂的花瓶，跌落在褐色的瓷砖地板上。他一直说着，告诉我他为何要离开，说这是最好的选择，我可以做得更好，是他的错而不是我的错。虽然这样的话我已听过多次，但却仍旧无法承受。或许在如此重大的打击之下，无人能无动于衷。

他走了，我试着继续我的生活。我灌满水，打算把它烧开，又拿出古老的红色杯子，看着咖啡末一点一点地滑入半透明的瓷杯中。那真是我生活的鲜明写照啊——不断落下的咖啡末。不知何故，我从来没有冲成一杯真正的咖啡。

水开了，我假装没听到水壶发出的警报声，这使我很难理解我的所为。就如同迈克的离去，突如其来，无法挽回。我宁愿徘徊在不确定之中，也不愿事情就这么结束了。想着想着，我开始嘲笑起自己，只是因为一杯咖啡，我就变得如此多愁善感。我一定是老了吧？

镜子中正盯着我看的那个女子仍然那么年轻，明眸皓齿，有着美好的前途与希望，美好的明天正等待着她。无所谓，反正我从未爱过迈克。更何况，生命之中还有比爱更重要的事情等着我。我坚定地对自己说。我将咖啡罐的盖子盖好，

也将有关迈克的记忆一同尘封起来。

　　那晚，他并没有像我所担心的那样出现在我的梦境中。梦中，我飞过田野和森林，俯瞰着下面的一切。突然间，我掉了下来。就在半梦半醒之间，我发现自己已被猎人打中，但将我击落的并不是他的子弹，而是他的灵魂。后来，我才渐渐意识到，迈克就是那个将我击落的猎人，而我则是渴望高飞的鸟儿。第二天 晚上，我竟然做了与前晚类似的梦，但却没有了猎人。我一直在天空中自由地飞翔，直到遇上另外一只小鸟与我比翼双飞。我开始意识到，总有那么一只鸟，或是一个人在前面等着我。也许不是爱人，只是朋友，但他一定是我灵魂的友伴。我曾想过自己是裂为碎片的花瓶，但现在，我已将它重新修复，迈克不过是我生命中的一个过客，他仅仅了解我的一部分。可以说，他只是我身上的一个小小的碎片而已。

心灵寄语

　　我不是谁的谁，我是自己的定义。也许某人在我们的生命中占有很重要的地位，但终究只是一部分而已。不要以为失去了某人就失去了全部，或许，他原本就是我们生命中的一个过客，仅此而已。

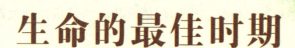

生命的最佳时期

佚 名

人生沉浮，看似难以预测。但是，科学家们现在了解到，几乎所有的人都有一个相当明确的模式。即使度过了一些"黄金时期"，你仍然可以在未来经历另外的黄金时期，某些重要的黄金时期好像要在生命的后期才能达到巅峰。

你什么时候最聪明？根据智商测验的分数，是从18岁到25岁期间。但是，随着年龄的增长，你会更加明智，经验更加丰富。

你的思维最敏捷是在二十多岁的时候，到了30岁左右，记忆力开始下降，特别是你的数学计算能力降低。但是，你做其他事的智商却提高了。例如，你45岁时的词汇量是你刚从大学毕业时的 3 倍。到60岁时，你的大脑储存的信息几乎是你21岁时的 4 倍。

根据敏捷和智慧之间的转化，心理学家提出了一个适用于成年人的概念："成熟商（M.Q.）"。

你什么时候最快乐？你对自己身体感觉最好的时期是从15岁到24岁。职业感觉最敏锐的时期是从40岁到49岁。

在24岁之前，我们相信自己最快乐的时光还在前头；过了30岁，我们确信最

美好的时光已逝。一项全国性的健康调查也同样证明：30岁以后，我们"变得更加实际，不再把幸福当成一种目标。如果我们保持身体健康，达到事业和情感上的目标，我们觉得，幸福就会随之而来"。

你什么时候最富于创造力？一般来说，会在30岁到39岁之间，但是，高峰期会因职业的不同而各不相同。

莫扎特写下一部交响曲和四首奏鸣曲是在 8 岁的时候。门德尔松17岁时写下了他最著名的作品《仲夏夜之梦》，但是，人们创造出伟大的音乐作品大都是在33岁到39岁时。

尽管许多领域的巅峰状态来得较早——大多数诺贝尔奖获得者完成他们最顶级的研究是在20岁到30岁期间——创造型的人一生中会不断地完成高品质的工作，对于"状况良好的大脑"，没有上限。

心灵 寄语

的确如此，人在各个年龄段都有着不同的良好状态。所以没有必要抱怨自己太年轻，或是太老了，你在每个年龄段都有独特的优势，都可以取得成功。

厄运打不垮的信念

沛 南

只要厄运打不垮信念，希望之光就会驱散绝望之云。

明朝末年时，史学家谈迁经过二十多年呕心沥血的写作，终于完成了明朝编年史——《国榷》。

面对这部可以流传千古的巨著，谈迁心中的喜悦可想而知。然而，他没有高兴多久，就发生了一件意想不到的事情。

一天夜里，小偷进他家偷东西，见到家徒四壁，无物可偷，以为锁在竹箱里的《国榷》原稿是值钱的财物，就把整个竹箱偷走了。从此，这些珍贵的稿子就下落不明。

二十多年的心血转眼之间化为乌有，这样的事情对任何人来说，都是致命的打击。对年过六十、两鬓已开始花白的谈迁来说，更是一个无情的重创。可是谈迁很快从痛苦中崛起，下定决心再次从头撰写这部史书。

谈迁又继续奋斗十年后，又一部《国榷》诞生了。新写的《国榷》共一百零四卷，五百万字，内容比原先的那部更详细精彩。谈迁也因此留名青史，永垂不朽。

英国史学家卡莱尔也遭遇了类似谈迁的厄运。卡莱尔经过多年的艰辛耕耘，终于完成了《法国大革命史》的全部文稿。他将这本巨著的底稿全部托付给自己最信赖的朋友米尔，请米尔提出宝贵的意见，以求文稿的进一步完善。

隔了几天，米尔脸色苍白、上气不接下气地跑来，万般无奈地向卡莱尔说出一个悲惨的消息：《法国大革命史》的底稿，除了少数几张散页外，已经全被他家里的女用当作废纸，丢进火炉里烧为灰烬了。

卡莱尔在突如其来的打击面前异常沮丧。当初他每写完一章，便随手把原来的笔记、草稿撕得粉碎。他呕心沥血撰写的这部《法国大革命史》，竟没有留下任何可以挽回的记录。

但是，卡莱尔还是重新振作起来。他平静地说："这一切就像我把笔记簿拿给小学老师批改时，老师对我说：'不行孩子，你一定要写得更好些！'"

他又买了一大沓稿纸，从头开始了又一次呕心沥血的写作。而我们现在读到的《法国大革命史》，便是卡莱尔第二次写作的成果。

心灵 寄语

不错，当无事时，应像有事时那样谨慎；当有事时，应像无事时那样镇静。因为在漫长的旅途中，实在是难以完全避免崎岖和坎坷。只要出现了一个结局，不管这结局是胜还是败，是幸运还是厄运，客观上都是一个崭新的从头再来。只要厄运打不垮信念，希望之光就会驱散绝望之云。

雪 夜

雅 枫

  雪花像无数白色的小精灵，悠悠然从夜空中飞落到地球的脊背上。整个大地很快铺上了一条银色的地毯。

  在远离热闹街道的一幢旧房子里，冬夜的静谧和淡淡的温馨笼罩着这一片小小的空间。火盆中燃烧的木炭偶尔发出的响动，更增浓了这种气氛。

  "啊！外面下雪了。"坐在火盆边烤火的房间主人自言自语地嘟哝了一句。

  "是啊，难怪这么静呢！"老伴儿靠在他身边坐着，将一双干枯的手伸到火盆上。

  "这样安静的夜晚，我们的儿子一定能多学一些东西。"房主人说着，向楼上望了一眼。

  "孩子大概累了，我上楼给他送杯热茶去。整天闷在屋里学习，我真担心他把身体搞坏了。"

  "算了，算了，别去打搅他了。他要是累了，或想喝点儿什么，自己会下楼来的。你就别操这份心了。父母的过分关心，往往容易使孩子头脑负担过重，反而不好。"

"也许你说得对。可我每时每刻都在想，这毕业考试不是件轻松事。我真盼望孩子能顺利地通过这一关。"老伴儿含糊不清地嘟哝着，往火盆里加了几块木炭。

突然，一阵急促的敲门声打破了这寂静的气氛。

两人同时抬起头来，相互望着。

"有人来。"

房主人慢吞吞地站了起来，蹒跚地向门口走去。随着开门声，一股寒风带着雪花挤了进来。

"谁啊？"

"别问是谁。老实点儿，不许出声！"

门外一个陌生中年男子手里握着一把闪闪发光的匕首。声音低沉，却掷地有声。

"你要干什么？"

"少啰唆，快老老实实地进去！不然……"陌生人晃了晃手中的匕首。房主人只好转身向屋子里走去。

老伴儿迎了上来："谁呀？是找我儿子……"她周身一颤，后边的话咽了回去。

"对不起，我是来取钱的。如果识相的话，我也不难为你们。"陌生人手中的匕首在炭火的映照下，更加寒光闪闪。

"啊，啊，我和老伴儿都是上了年纪的人，不中用了，你想要什么就随便拿吧。但请您千万不要到楼上去。"房主人哆哆嗦嗦地说。

"噢？楼上是不是有更贵重的东西？"陌生人眼睛顿时一亮，露出一股贪婪的神色。

"不，不，是我儿子在上面学习呢！"房主人慌忙解释。

"如此说来，我更得小心点儿。动手之前，必须先把他捆起来。"

"别，别这样。恳求您别伤害我们的儿子。"

"滚开！"

陌生人三步两步蹿上楼梯。陈旧的楼梯发出吱吱呀呀的声音。

两位老人无可奈何，呆呆地站在那里。

突然，"咔嚓"一声，随着一声惨叫，一个沉重的物体从楼梯上滚落下来。

房主人从呆愣中醒了过来，慌忙对老伴儿说："一定是我们的儿子把这家伙打倒的。快给警察挂电话……"

很快，警察们赶来了。在楼梯口，警察发现了摔伤了腿躺在那里的陌生人。

"哪有这样的人，学习也不点灯，害得我一脚踩空。真晦气。"陌生人一副懊丧的样子。

上楼搜查的警察很快下来了。

"警长，整个楼上全搜遍了，没有发现第二个人，可房主人明明在电话中说是他儿子打倒的强盗，是不是房主人神经不正常？""不是的。他们唯一在上学的儿子早在数年前的一个冬天死了。可他们始终不愿承认这一事实，总是说，儿子在楼上学习呢。"

谁也没有再说话。屋里很静，屋外也很静。那白色的小精灵依然悠悠然地飞落下来……

心灵寄语

工业社会中的人与人之间尔虞我诈的利益争斗使人们身心俱疲，只有至死不渝的真挚亲情才能使人们得到信任和安全感。

盲人的股票

芷 安

　　报社新开了一个金融证券版，我的朋友被调去做编辑。在近五年的工作中，她接触过很多股民，给她印象最深的，是一位盲人。

　　这位盲人和许多股民不同，他不听讲座，不看股评，也从不探听所谓的内幕消息。他唯一看的就是每天的开盘和收盘。他买卖股票的方法也很简单：跌时买进，涨时卖出。具体操作方法是：去其两端取其中庸，把大盘上走势强劲的龙头股和跌势凶猛的垃圾股去掉，在走势稍缓平稳的中间股中，选一支正在下跌的股票，根据自己的了解、分析和判断，在心里给它定一个底线，等到它跌到这个线时就买进，等它涨到原来的水平时再卖出。这样做的结果，他总是利多损少。几年的时间，投进股市的钱，已经翻了好几番。

　　"为什么选定以原来的水平为卖点呢？"朋友不解地问。

　　"因为，假设原来的水平是常态，那么跌和涨都是非常态，非常态肯定会回到常态的，跌过之后肯定会回到原来的水平。这样，我买进的时候，就已经赚了。"

　　"那么，你可以等等再卖，通常情况下，当它回到常态时，还会顺着惯性往上冲一下的，那时候再卖，不是会赚的多一点儿吗？"

　　"你说得没错，那样是会赚得多一点儿。可是，人在利益面前是没有节制的，很多人就是贪求这'多一点儿'，结果把原来赚的那一点儿也丢失了。所以我才给自己限定：只要这一点儿，那'多一点儿'还是留给别人吧！"这位盲人笑着回答说。

　　我以前很少接触股票，总觉得股票这东西太复杂、太高深，变幻莫测、难以捉摸。听了朋友讲了这位盲人和他的股票的故事，才对股票有了一些了解。原来不过如此：跌时买进，涨时卖出。事先给自己定一个底数：只要这一点儿，不要多一点儿。就可以保你利多损少。理论并不难，操作起来也应该很简单。

　　"可是为什么——"我不仅有些疑惑，问朋友，"依然有那么多的股民，前仆后继、一往无前地向前，要那'多一点儿'，以至于损多利少，最后弄得血本无归呢？"

　　朋友听了，笑笑说："可能这就是人的本性吧，人在利益面前，是不讲道理的。"

心灵 寄语

　　贪婪是人的本性。所谓人为财死，鸟为食亡。只有懂得节制自己贪婪的欲望，才能在充满欲望和陷阱的世界立于不败之地。

用"美"充实我们的生命

宛彤

　　你也许不比别人聪明，你的口才也不比别人好，但你却不一定不如别人成功。只要你多一分耐性，少一分懦弱；多一分热情，少一分冷漠，在即将放弃一项工作之前，告诉自己，再做一次努力，也许你就会启开成功之门。

　　无论从事何种职业，我们都不应为了金钱去牺牲生命中最高贵、最美丽的东西，我们应该利用种种机会，使"美"充实于我们的生命里。

　　一个爱美的人，他的生命中自然含有美好的成分。美好的思想与美好的观念，都会显露于一个人的言谈举止当中。爱美的学者将会成为艺术家，使自己的家庭美满而甜蜜。无论从事的是何种职业，爱美的习惯使人们不但能做个合格的工匠，还能做个出色的艺术家。

　　所谓完美的生命，一定是为爱美的习惯所点缀、所激发、所丰富的生命。不会享受自然美的人，在他的生命中就缺少了养成高贵人格的一大要素。爱美在任何人的生活中都占有很重要的地位，比如人的性格，受他人的影响较少，但自然的风景、美丽的花卉，却极易对人的性格发生影响。

　　美的东西往往能激发人们心灵深处的一种力量，所以，美的东西能使人的头脑更为清新，使人的精力得以恢复和保持，并促进身体与精神的健康。

对美的心灵感悟才是一帖真正的生命药方，它可让盲人永远活在光明中。可悲可叹的是，许多健康人却一直生活在黑暗中——他们对身边的美熟视无睹！

两个盲人靠说书弹三弦糊口，老者是师傅，七十多岁；幼者是徒弟，20岁不到。师傅已经弹断了999根弦子，离1000根只差一根了。师傅的师傅临死的时候对师傅说："我这里有一张复明的药方，我将它封进你的琴槽中，当你弹断第1000根琴弦的时候，你才可取出药方。记住，你弹断每一根弦子时都必须是尽心尽力的。否则，再灵的药方也会失去效用。"那时，师傅才是20岁的小青年，可如今他已皓发银须。这么多年来，他一直奔着那复明的梦想。他知道，那是一张祖传的秘方。

一声脆响，师傅终于弹断了最后一根琴弦，直向城中的药铺赶去。当他满怀虔诚、满怀期待等着取草药时，掌柜的告诉他：那是一张白纸。他的头嗡地响了一下，平静下来以后，他明白了一切：他不是早就得到了那个药方吗？就是因为有这个药方，他才有了生存的勇气。他努力地说书弹弦，受人尊敬，他学会了爱与被爱。

回家后，他郑重地对小徒说："我这里有一张复明的药方。我将它封入你的琴槽，当你弹断第1200根弦的时候，你才能打开它，记住，必须用心去弹，师傅将这个数错记为1000根了……"

小瞎子虔诚地允诺着，老瞎子心中暗想：也许他一生也弹不断1200根弦……

没有希望就不会有追求，没有追求就不会有成

功。成功的取得往往来自锲而不舍的精神。你永远也打败不了一个永不认输、不停追求的人。

心灵寄语

　　成功的动力在于希望，生命的精彩在于追求。成功与否并不重要，因为追求成功的过程本身就是最美的人生。

深深的体谅

通常人们上了年纪，才会淡泊名利、与世无争。这个时期人们习惯反思，并开始真正了解到做人的道理和为人处事的真谛。正如幼稚园的小孩子无忧无虑、天真烂漫一样，人在不同的时期有着不同的心态。对于年轻人，我想说的是，学会体谅他人是正确的，然而你没有必要因为看过上面的文章而为自己感到羞耻。因为，你们这个年纪是天不怕地不怕、奋斗拼搏的热血时期，是开辟自己时代的年纪。

生命像条蜿蜒的河流

向 晴

　　生命的过程就像一条蜿蜒的河流，既有平缓的粼粼波光，也有湍急的弯道，还有胆战心惊的落差。然而，不管在哪种情况下，它都从不停下前进的脚步，总是向着前方流去，在它历经的每一处都表现了自己最美的独特的身影，在匆匆前行的每一瞬间都蕴含了动人心弦的故事。

　　一头名叫威伯的小猪和一只名叫夏洛的蜘蛛成了朋友。小猪未来的命运是成为圣诞节时的盘中大餐，这个悲凉的结果让威伯心惊胆战。它也曾尝试过逃跑，但它毕竟只是一头猪。

　　看似渺小的夏洛却说：我来帮你。

　　于是夏洛用它的网在猪棚中织出了"好猪""查克曼的名猪"等字样。那些在人类眼中被视为奇迹的网字让威伯的命运整个逆转，终于得到了名猪大赛的头奖和一个安享天命的未来。但就在这时，蜘蛛夏洛的生命却走到了尽头……

　　这是一个善良的弱者之间相互扶持的故事，除了爱、友谊之外，这篇极抒情的童话里，还有一份对生命本身的赞美与眷恋。

其中有一段对话是非常富有诗意的：

"你为什么替我做这些小事呢？"威伯问，"我真不配，我从来没为你做过什么事。"

"你是我的朋友，"夏洛回答，"友谊本身就是件了不起的东西。我替你织网，因为我喜欢你。生命本身究竟算什么呢？我们生下来，活一阵子，然后去世。一个蜘蛛一生织网捕食，生活未免有点儿不雅。通过帮助你，也使我的生活变得高尚些。天知道，任何人的生活都能增加一点儿意义。"

"哦，"威伯说，"我不会演说，我没有你的说话天才，可是你救了我，夏洛，我也情愿为你牺牲性命——真的情愿。"

"我相信你，也感谢你的慷慨情谊。"

一个人的成功好像攀登高山，一步步向前、向上，没有休止。但在攀登的过程中，必定经过无数的崎岖险阻，有时荆棘满途，寸步难行；有时想升高反而降到谷底。在经过难行的山径时，还常常会滑倒或损伤。艰难困苦一重又一重地摆在眼前，究竟我们怎样去应付呢？英语中有个谚语说："人生的光荣，不在于永不失败，而在于能屡仆屡起。"

1914年12月9日晚上，西橘城规模庞大的爱迪生工厂遭遇大火，工厂几乎全毁了。那一晚，老爱迪生损失了200万美元，他许多精心的研究也付之一炬。更令人伤痛的是，他的工厂保险投资很少，每一块钱只保了一角钱。

查尔斯·爱迪生当时24岁，他的父亲已经67岁。当小爱迪生紧张地跑来跑去找他的父亲时，他发现父亲就站在火场附近，火光映得他满面通红，一头白发在寒风中飘扬。查尔斯后来说："当时我的心情很悲痛，因为他已经不再年轻，所有的心血却毁于一旦。"可是当老爱迪生看到儿子时却大叫："查尔斯，你妈呢？"儿子说："我不知道。"他又在叫："快去找找，立刻找她来，她这一生不可能再看到这种场面了。"

隔天一早，老爱迪生走过火场，看着

所有的希望和梦想毁于一旦，说："这场火灾绝对有价值。我们所有的过错都随着火灾而毁灭了。感谢上帝，我们可以从头做起。"三周后，也就是那场大火之后的21天，他制造了世界上第一部留声机。

心灵寄语

或许你曾经失败过、灰心过，或许你曾在生命中徘徊不前、犹豫不决，但只要你努力过、坚持过，就无愧于心。或许你曾经得意过、成功过，或许你曾意气风发、踌躇满志，但你必须了解生命中总会有风雨降临，随时做好迎接挑战的准备，方能为生命再添一抹亮丽的色彩。生命的容量并不是以成功、失败、悲、喜、乐、哀来衡量的，对生命的态度才是它唯一的量度。

豆角鼓

雁 丹

　　我有一个在幼儿园就熟识的朋友，男生。那时，我们同在一张小饭桌上吃饭。上劳动课的时候，阿姨发给每人一面跳新疆舞用的小铃鼓，里头装满了豆角。当我择不完豆角筋的时候，他会来帮我。我们就把新疆铃鼓称为"豆角鼓"。

　　以后几十年，我们只有很少的来往，但彼此都知道对方在城市的某一个角落里愉快地生活着。一天，他妻子来电话，说他得了喉癌，手术后在家静养，如果我有时间的话，他妻子略略停了一下说："通话时，请您尽量多说，他会非常入神地听。但是，他不会回答你，因为他无法说话。"

　　第二天，我给他打了电话。当我说出他的名字后，回答是长久的沉默。我习惯地等待着回答，猛然意识到，我是不可能得到回音的。我便自顾自地说下去，确知他就在电线的那一端，静静地聆听着。自言自语久了，没有反响也没有反馈，甚至连喘息的声音也没有，感觉很是怪异，好像你面对着无边无际的棉花垛……

　　那天晚上，他的妻子来电话说，他很高兴，很感谢，希望我以后常常给他打

电话。

　　我答应了，但拖延了很长的时间。也许是因为那天独自说话没有回声的感受太特别了。后来，我终于再次拨通了他家的电话。当我说完"你是××吗？我是你幼儿园的同桌啊……"我停顿了一下，并不是等待他的回答，只是喘了一口气，预备兀自说下去。就在这个短暂的间歇里，我听到了细碎的哗啦啦声……这是什么响动？啊，是豆角鼓被人用力摇动的声音！

　　那一瞬，我热泪盈眶。人间的温情跨越无数岁月和命运的阴霾，将记忆烘烤得蓬松而馨香。

　　那一天，每当我说完一段话的时候，就有哗啦啦的声音响起，一如当年我们共同把择好的豆角倒进菜筐。当我说再见的时候，回答我的是响亮而长久的豆角鼓声。

心灵寄语

　　往事如云、梦如烟，唯有真情留人间。

深深的体谅

千 萍

康娜的弟弟杰恩斯是初出茅庐的画家，居住在西班牙的马约尔加岛。那是康娜母亲到西班牙看望弟弟要返回美国那天发生的事情。

一大早，母亲和弟弟气喘吁吁地把两个大旅行箱从那座具有两百年历史的古老公寓的四楼搬下来，他们把旅行箱放在几乎无人通过的路边，坐在箱子上等出租车。

马约尔加岛不是大城市，出租车不会经常往来，当然也无法通过电话叫车，只能在路边等着。谁也不知道出租车何时能来。

康娜的弟弟因为已在岛上住了三年，很了解这种情况，所以显得坦然自在。马约尔加岛的生活与华盛顿快节奏的生活截然不同。

大约过了20分钟，从相反车道过来一辆出租车，杰恩斯立即起身招手，但他看到车内有乘客时就放下手，出租车缓缓地驶去。

然而，那辆车驶了30米左右就停住了，那位乘客下车了。

"噢，真幸运，那人在这里下车呀！"

从车内走出的是一位看起来颇有修养的老绅士。杰恩斯对这个偶然感到很高

兴，并迅速把旅行箱装进车的后备箱。

坐进车后，杰恩斯告诉司机："去机场。"并说，"我们真幸运，谢谢你。"

司机耸了耸肩膀说："要谢，你们就谢那位老先生吧，他是特意为你们而提前下车的。"

杰恩斯和母亲不解其意，于是司机又解释道："那位老先生本想去更远的地方，但是看到你们后就说：'我在这里下车，让那两位乘客上车吧。这么早拿着旅行箱站在路边，一定是去机场乘飞机的。如果是这样，肯定有时间限制。我反正没什么急事，我在这里下车，等下一辆出租车。'所以你们要谢就谢那位老先生吧。"

杰恩斯很吃惊，他恳请司机绕道去找那位老先生。当车经过老先生身边时，杰恩斯从车窗大声向那位悠然地站在路边的老先生道谢。老人微笑着说："祝你们旅途愉快。"

后来杰恩斯在给康娜的信中这样写道："我对他人的体谅与那位老先生相比，程度完全不同。我即使体谅他人，自己在心里也会想：能做到这点就不错了……自己随意决定体谅他人的限度，我为自己感到羞耻。我现在真想成为像那位老先生那样的人，成为那种不经意之中就流露出对他人深深体谅的人。"

心灵寄语

通常人们上了年纪，才会淡泊名利、与世无争。这个时期人们习惯反思，并开始真正了解到做人的道理和为人处事的真谛。正如幼稚园的小孩子无忧无虑、天真烂漫一样，人在不同的时期有着不同的心态。对于年轻人，我想说的是，学会体谅他人是正确的，然而你没有必要因为看过上面的文章而为自己感到羞耻。因为，你们这个年纪是天不怕地不怕、奋斗拼搏的热血时期，是开辟自己时代的年纪。

一碗馄饨

佚 名

有时候，我们会对别人给予的小恩小惠"感激不尽"，却对亲人一辈子的恩情"视而不见"。

那天，她跟妈妈又吵架了，一气之下，她转身向外跑去。

她走了很长时间，看到前面有个面摊，这才感觉到肚子饿了。可是，她摸遍身上的口袋，却连一个硬币也没有。

面摊的主人是一个看上去很和蔼的老婆婆，她看到她站在那里，就问："孩子，你是不是要吃面？"

"可是，可是我忘了带钱。"她有些不好意思地回答。

"没关系，我请你吃。"

老婆婆端来一碗馄饨和一碟小菜。她满怀感激，刚吃了几口，眼泪就掉了下来，纷纷落在碗里。

"你怎么了？"老婆婆关切地问。

"我没事，我只是很感激！"她忙擦眼泪，对面摊主人说，"我们不认识，而你却对我这么好，愿意煮馄饨给我吃。可是我妈妈，我跟她吵架，她竟然把我

赶出来，还叫我不要再回去！"

老婆婆听了，平静地说道："孩子，你怎么会这么想呢？你想想看，我只不过煮了一碗馄饨给你吃，你就这么感激我，那你妈妈煮了十多年的饭给你吃，你怎么会不感激她呢？你怎么还要跟她吵架呢？"

女孩儿愣住了。

女孩儿匆匆吃完了馄饨，开始往家走去。当她走到家附近时，一下就看到疲惫不堪的母亲正在路口四处张望……母亲看到她，脸上立即露出了喜色："赶快过来吧，饭早就做好了，你再不回来吃，菜都要凉了！"

这时，女孩儿的眼泪又开始掉了下来！

心灵寄语

从父母的角度来说，哺育子女是应当应分的。但是作为儿女我们却不该认为父母给予我们恩情是理所应当的，我们要学会感激，不是感激不尽，而是无以回报。

你怎么看你自己

秋　旋

我只看我所有的，不看我所没有的。

她站在台上，不时不规律地挥舞着她的双手；仰着头，脖子伸得好长好长，与她尖尖的下巴扯成一条直线；她的嘴张着，眼睛眯成一条线，诡谲地看着台下的学生；偶尔她口中也会咿咿唔唔的，不知在说些什么。

基本上她是一个不会说话的人，但是，她的听力很好，只要对方猜中或说出她想说的话，她就会乐得大叫一声，伸出右手，用两个指头指着你，或者拍着手，歪歪斜斜地向你走来，送给你一张用她的画制作的明信片。她叫黄美廉，一位自小就患脑性麻痹的病人。脑性麻痹夺去了她肢体的平衡感，也夺走了她发声讲话的能力。她从小就活在诸多肢体不便及众多异样的眼光中，她的成长充满了血泪。

然而她没有让这些外在的痛苦击败她内在奋斗的精神，她昂然面对，迎向一切的不可能，终于获得了加州大学艺术博士学位。

她用她的画笔，以色彩告诉人"寰宇之力与美"，并且灿烂地"活出生命的色彩"。全场的学生都被她不能控制的肢体动作震慑住了。这是一场倾倒生命、

与生命相遇的演讲会。

"请问黄博士，"一个学生小声地问，"您从小就长成这个样子，请问您怎么看您自己？您没有怨恨吗？"

我的心头一紧，真是太不成熟了，怎么可以在大庭广众之下问这个问题，太刺人了，很担心黄美廉会受不了。

"我怎么看自己？"黄美廉用粉笔在黑板上重重地写下这几个字，她写字时用力极猛，有力透纸背的气势。写完这个问题，她停下笔来，歪着头，回头看着发问的同学，然后嫣然一笑，再回到黑板前，龙飞凤舞地写了起来：

一、我好可爱！

二、我的腿很长很美！

三、爸爸妈妈那么爱我！

四、我会画画！我会写稿！

五、我有一只可爱的猫！

六、……

教室内鸦雀无声，没有人敢讲话。

她回过头来定定地看着大家，再回过头去，在黑板上写下了她的结论："我只看我所有的，不看我所没有的。"掌声从学生群中响起，黄美廉倾斜着身子站在台上，满足的笑容从她的嘴角荡漾开来，眼睛眯得更小了，有一种永远也不被击败的傲然写在她的脸上。

心灵寄语

别人的东西再好，也是别人的。为什么不好好想想你自己所拥有的呢？或许别人也在羡慕你所拥有的。

别把困难在想象中放大

佚 名

一次克服了心中的畏怯，下一次就容易多了。

琼斯大学毕业后如愿考入当地的明星报任记者。这天，他的上司给他交代了第一个大任务：采访大法官布兰代斯。

第一次接到重要任务，琼斯不是欣喜若狂，而是愁眉苦脸。他想自己任职的报纸又不是当地的一流大报，自己也只是一名刚刚出道、名不见经传的小记者，大法官布兰代斯怎么会接受他的采访呢？

同事史蒂芬获悉他的苦恼后，拍拍他的肩膀，说："我很理解你，让我来打个比方，这就好比躲在阴暗的房子里，然后想象外面的阳光多么炽烈。其实，最简单有效的办法就是往外跨出第一步。"

史蒂芬拿起琼斯桌上的电话，查询布兰代斯的办公室电话。很快，他与大法官的秘书接上了号。

接下来，史蒂芬直截了当地道出了他的要求："我是明星报新闻部记者琼斯，我奉命访问法官，不知他今天能否接见我几分钟呢？"旁边的琼斯吓了一大跳。

史蒂芬一边接电话，一边不忘抽空向目瞪口呆的琼斯扮个鬼脸。接着，琼斯听到了他的答话："谢谢你，1时15分，我准时到。"

"瞧，直接向人说出你的想法，不就管用了吗？"史蒂芬向琼斯扬扬话筒，"明天中午1时15分：你的约会定好了。"

一直在旁边看着整个过程的琼斯面色放缓，似有所悟。

多年以后，昔日羞怯怕生的琼斯已经成为明星报的台柱记者。回顾此事，他仍觉得刻骨铭心："从那时起，我学会了单刀直入的办法，做来不易，但很有用。而且，一次克服了心中的畏怯，下一次就容易多了。"

心灵寄语

有时困难在想象中会被放大一百倍，事实上，走出了第一步，就会发现那些麻烦与困难有时只是自己吓自己。

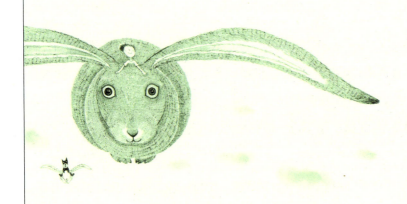

第二次生命的启示

语 梅

就在10年前，我与拿着听诊器的医生相对而坐。他说："你的左肺叶上部有一处坏损，病情正在恶化……"听到这些，我顿时愣住了，他接着说道，"你必须放下工作，卧床休息。稍后，我们会对你进行进一步的观察……"对于我的病情，医生也不是太确定。

事业正值中天的我突然感觉像被判了刑，而刑期却尚未确定。我走出医生的办公室，坐在公园的长椅上，自言自语道，这也许是最后一次了。我需要好好想一想。

接下来的三天里，我处理完手上所有的事务，然后回到家，躺在床上，将手表的显示从分钟改为月份。

之后两年半的时间里，我经历了无数次失望的打击，最终离开病榻，开始缓慢地恢复原来的生活状态。第三年，我成功了。

提及这段经历，是因为过去这段漫长的岁月让我懂得了什么值得珍惜，什么值得信仰。它们告诉我：好好把握时间，而不要让时间支配你。

如今我意识到，我所生存的这个世界并不是等待我去打开的贝壳，而是等待

我去把握的机遇。对我而言，每一天都是稀世珍宝。太阳每次升起，都会带给我崭新而精彩的24小时——我绝不能虚度。我学会了去欣赏生活细节的美好，比如水面的粼粼波光，松间风儿的轻吟——这些重要的生活细节我从前竟无暇理会。

如今，我的所见、所闻、所感总会带给我一种清新的感觉，让我仿佛回到了童年。当我离开多年的病榻，双脚再次踏上大地时，那松软的土壤带给我的美好感觉令我激动不已。那种感觉就像重新获得了差点儿失之交臂的世界。

我常常会惬意地坐着，告诉自己：要珍惜现在的每一分每一秒。因为此刻的我健康、快乐，并在为自己最喜爱的工作而努力奋斗。然而这些美好终会消逝，因此，我要加倍珍惜这存在的每一刻。等它消逝后，我会记住这些美好，并心存感激。

在生命边缘徘徊的那些漫长岁月，让我明白了这一切。而智者不必经历这样的艰难也能意识到这些，但从前的我实在是愚钝。如今，我多了几分聪慧，也多了几分快乐。

"时刻铭记，最后再看一眼那些可爱的事物！"英国诗人沃尔特·德拉·梅尔的这句话正好阐述了我人生的哲学与信仰。尽管人类现在总试图毁灭这个世界，但上帝创造了它，创造了这个美丽而奇妙的家园，并赋予了它超乎我们想象的美好。因此，我告诉自己：这些美丽与精彩难道不值得我去细细体味？我难道不应为世间的美好奉献出自己微薄的力量吗？难道我不应心存感激？的确，我相信，我应该这么做。

心灵 寄语

人生七十古来稀，前十年幼小，后十年衰老，中间只有五十年，一半又在夜里过了。岁月短暂，人生苦短。把握每一天，别等到生命即将逝去才知道珍惜。

关于生命的思考

诗 槐

在遇到对的人之前，上帝或许会让我们与错的人相遇，因此当我们最终遇到心仪之人时，应心存感激。

当一扇幸福之门关闭时，就会有另一扇门打开。可多数时候，我们却因过久地凝望那扇已关闭的门，而对这扇新敞开的门视而不见。

最好的朋友就是会一直默默地陪你坐在走廊里的人，离开时，你会发现这才是最好的心灵沟通。

确实，只有失去了，我们才会明白曾经得到过什么；同样，只有拥有了，我们才会明白失去了什么。

即使付出全部的爱，也不一定能得到人们的爱！不要期待爱的回报，只需等待爱在人们的心中成长。但如果没有的话，那至少应该欣慰爱曾在你的心中成长。

欣赏一个人只需一分钟，喜欢一个人只需一小时，爱上一个人只需一天，然而忘记一个人却要用一生。

生命中常会有这样的时刻：当你朝思暮想某个人的时候，你恨不得将他从梦境中拉出来，与他真实地相拥于现实之中！

做你想做的梦，去你想去的地方，做你想做的人，因为你只有一次生命，也只有一次机会去做所有你想做的事。

愿快乐永远陪伴你，让你越发亲切可人；愿磨难时常伴随你，使你日渐坚强勇敢；愿心肺痛彻，令你人性通达；愿希望满怀，令你幸福快乐。

要经常换位思考。如果你感觉伤害到了自己，那么，别人也可能受到了伤害。

最幸福的人不一定拥有最美好的一切，他们只是充分珍惜了他们所拥有的一切。

真正的幸福属于那些哭过、伤过、追寻过和尝试过的人，因为只有他们才明白那些对自己生活有影响的人们的重要性。

爱在微笑中开始，在亲吻中升华，在泪水中逝去。

心灵 寄语

最辉煌的未来往往建立在对过去遗忘的基础上。如果你总是沉湎于过去的失败和心痛中不能自拔，生活就不可能变得更加美好。

生命是害羞的吗

慕 菡

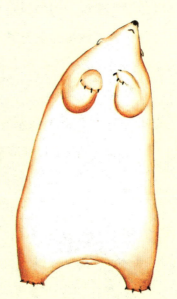

　　小时候我很害羞。上高中时，我总尽量不参加班级的讨论。除了最要好的朋友，我几乎不敢与其他人说话。我也想胆大起来，想有约会一个女孩儿的勇气，想把自己的想法在课堂上大声讲出来。但这些都没能实现。我感到很害怕，总担心"她要是拒绝怎么办？""其他人会怎么看？"——似乎总有种挥之不去的阴影笼罩着我，让我举步维艰。

　　一直到上大学，我还是很害羞。一天，我突然想到一个问题：生命是害羞的吗？

　　这一想法令我大为震惊！想想吧，春天萌发的新绿，拂晓吟唱的鸟儿，世间万物无不在展示着神圣生命的浩渺无边。没什么可害羞的！生命无处不在，要勇敢把握！既然造物主都不为生命的自然表达而害羞，我又何必如此呢？

　　我知道，如果要克服恐惧和害羞，必须将这一生命法则付诸行动。害羞、恐惧和孤独阻碍了我亲近神圣生命赋予的真正生活。我决定顺其自然地生活，绝不让恐惧和害羞掌控我。

　　举个例子：我给一个女孩儿写了张纸条，约她出来。写的时候，恐惧和自卑

感侵袭着我，但我没退缩，而是亲自将纸条投入了校园信箱。我想，无论她是否答应，对我来说，这已经是很大进步了，因为我不再害羞了。我自信地生活，而这自信正源自我生命的根基。第二天上课时，那个女孩儿对我说，她愿意赴我的约会。听到这话，我真是无比激动！

慢慢地，我发觉自己不再受狭隘的自我意识的控制了。大学毕业后，我做过报社记者，获得了戏剧专业的高级文凭，并出了自己的书——《我的终生梦想》，还邂逅了一位特殊的女子，并娶她为妻，我甚至还在一所大学做了老师。

生命的短暂我们都无可奈何，但如果我们没有抓住这唯一短暂的生命，就是我们的过错了。不要害羞，害羞是不坦然的；面对生活、面对他人、面对自己，总是在掩饰些什么，却让缺点更加刺眼地暴露，最后才发现自己什么也没有得到。不要让生命走到了尽头才后悔，现在还来得及。

生命中的大石块

凝 丝

一天，一位时间管理专家给一群商务学员做讲座，为了清晰地阐述他的观点，使学生铭记在心，他做了一个演示。

他站在这群渴望成功的学员面前，说："我们来做个小实验。"他在面前的桌子上放了一个可盛一加仑东西的大口瓦罐，然后把一些拳头大小的石块小心地放进瓦罐里。

瓦罐里再也放不进石块了。这时，他问道："满了吗？"班上每个人都回答道："满了。"

然后，专家问："真的吗？"他把手伸到桌子下面，拿出一桶沙砾。

他把一些沙砾倒进瓦罐，然后摇了摇，这些沙砾便渗进石块的缝隙中。这时，他又问这些学员："满了吗？"此时，班里的学员不再像刚才那么肯定了，"可能还没有。"一位学员回答道。"是的。"他应声道。

专家再次从桌子下面拿出一桶细沙倒进瓦罐，细沙渗进石块与沙砾的缝隙中，他再次问道："满了吗？""没有！"班级里的人异口同声地叫道。他又说："回答得好！"然后，他抓起一壶水，在瓦罐中注满了水。

这时，这位时间管理专家看了看班上的学员，问道："这个演示说明了什么？"一位学员迫不及待地举手回答："这说明，不管你的时间表排得多满，只要用心，总能挤出时间来做其他事。"

"不对，"这位专家回答道，"这不是我的目的。这个演示告诉我们：假如你不先把石块放进去，以后也就不可能放进去了。那么，一生中你的大石块是什么呢？你的孩子、爱人，你所爱的一切，你的朋友、学业、梦想，一切值得你去做的事业，还是教育指导别人？做你喜欢做的事，为自己安排好时间，包括你的健康。记住，先把大石块放进去，否则，所有的东西永远也不可能放进去。如果你忙碌于一些小事（像沙砾、细沙之类的），那么你的世界里都是这些小事，你就没有宝贵的时间来做大事、要事（如大石块）。因此，晚上或早上，当你想起这个故事时，问自己这样一个问题：我生命中的大石块是什么？然后把它先放进瓦罐里去。"

心灵寄语

什么是你生命中的大石块呢？与你心爱的人共处的时光？你的信仰、学识、梦想？或是，传道授业解惑？切切记得先去处理这些大石块，否则你会终生错过的。

战胜生命的绝望

沛 南

　　战胜生命绝望的力量在于生命本身。人总是在生活中为了很多事情感觉到茫然，在茫然无措的时候，你可能甚至连自己是谁，为什么这样做，都会产生疑问，甚至会在整个生活中感觉到没有什么意义，会为自己所有的一切没有意义而苦恼，怎样接触这样的烦恼和忧愁？那就需要你在生活中有明确的理想，需要你在生活之中寻找迷失的自我。

　　那一天傍晚，他心烦意乱地走到了悬崖边。他觉得无聊而平淡，年轻的心已不愿负担人世的孤独和艰辛。他感到周身的血液如禁锢在坛子里的葡萄酒，有一种要把这坛子打破的冲动。

　　于是，他把脚轻轻凌空一提。忽然，有什么独特的声音传来，他不禁侧耳静听。噢，是婴儿的哭声。在这荒山野岭，生命依然高高在上。顿时，一种前所未有的激动袭来，他一把推开诱他自杀的死神，循着啼声和灯光奔去。那是他命运里最耀眼的一次闪电。数年后，他的伟大作品如春雨般洒落俄国以及世界。

　　他就是屠格涅夫。

　　战胜生命绝望的力量恰恰在于生命本身。每一个人都有自己的追求与失落、

欢乐与痛苦。而对自然与社会，人不可能总是胜者，就像季节不会总是春天一样。而生命，饱含万千活力、万千情感的生命，终究傲然于、绵延于苍苍天地间，注释着我们星球上的光荣与梦想。我们是国家屋顶下的一群，又是一群有生命的个体。这个时代比以往更看重个人的价值取向、人生的奋斗精神。每个人面前都隐伏着万千机遇，而最大的机遇却是洋溢于你生命中的乐观和欢喜。

"纵然是漂泊四方，也在边走边唱。"自觉地享受着实在的生活，又被高远的希冀所吸引，那该是如鸟在林的快乐啊！所有的树木清风都适合你。让我们的灵魂再随着屠格涅夫站在崖畔上一次，感受生命啼哭的欢乐。再转过身来，在寻找自我的路上，边走边唱，浑然忘我。有首歌，其中有句词是这样的："寻寻觅觅寻不到活着的证据，都市柏油的路太硬，它踩不出足迹，骄傲无知的现代人，不知道珍惜。"这就清楚地刻画出了人们在生活中的一种无望和失去目标的无奈，其实哀莫大于心死，如果你没有一种目标感，没有在向目标冲击中表现出的活力，那么你的生活就真的是灰暗的。想获得快乐生活，那么你就要在茫茫人海中把握自己、寻找自己。

心灵寄语

切莫垂头丧气，即使失去了一切，但至少你还拥有生命。如果你自己的信心还站立的话，这个世界就没有人能使你倒下。

生命之舟

生命如船，生命之舟载不动太多的物欲和虚荣，要想使船在抵达彼岸时不在中途搁浅或沉没，就必须轻载，只取需要的东西，把不应该要的都搁下。

生　命

雅　枫

　　生命可以被想象，但是不能被割裂，也不能被复制。生命的整体一旦被破坏就会引起混乱。灵魂不是孪生儿，而是独生苗。虽然它早晚都要像婴儿那样被孕育成熟，长得也像婴儿，却有着一种无敌的力量能决定命运，不会接受同一个生命。生命有着一种唯我独尊的神圣，这种神圣无须掩盖，每一天都显露在人们的举手投足之中。我们对自己深信不疑，但却怀疑别人。我们可以让自己为所欲为，但同样的事，别人做，我们称之为罪孽。我们只要自己来实验。我们充满自信的一个例子就是：人们从来不像他们想象的那样蔑视罪恶。换句话说，人人都为自己想好了一个不受约束的自由，而这个自由是不能让别人来享用的。

　　行为从内在和外表，从性质和后果去看，各为不同。凶手行凶时所抱的意图决不像诗人以及传奇作家所描述的那样伤天害理，通常人们也觉察不出他心神不宁或诚惶诚恐的蛛丝马迹。行凶一事并不难谋划，但去考虑后果的话，它却能愈演愈烈，发出一系列叮当作响的恐怖声，把一切的关联都破坏。尤其是爱情所激发的罪行，从施罪者的角度看，似乎一切都理所当然，但这罪毕竟贻害社会。然而，还是没有人会相信犯罪的人是迷失了自我，还是没有人会认为那罪行如同重罪犯的所为那么恶不可赦。这是因为，就我们自身的情形而言，智力修正着道义判断，在智力的眼中，世上万事并无罪过。智力是反律法主义或超律法主义的，它判断着法律就像判断着事实一样。

心灵 寄语

　　单就个体生命来说，它是不可复制的、是独大的。如果放在群体中，个体生命就显得微不足道，而这必然孕育着自信与渺小的悖离。要打破这种悖离，获得短暂的平衡，就需要自由的"约束"，在这种约束下，渴望冲破者勇往直前，安于现状者裹足不前。

生命是上苍赐予我们的礼物

芷 安

生命是上苍赐予我们的礼物，只有懂得生命的珍贵，才能更深刻地感悟到活着就是幸福。

第二次世界大战期间，罗勃·摩尔在一艘美国潜艇上担任瞭望员。一天清晨，潜艇在印度洋水下潜行，他通过潜望镜看到一支由一艘驱逐舰、一艘运油船和一艘水雷船组成的日本舰队正向自己逼近。潜艇对准走在最后的日本水雷船准备发起攻击，水雷船却已掉转船头，朝潜艇直冲过来。原来空中的一架日机早已测到了潜艇的位置，并通知了水雷船。摩尔所在的潜艇只好紧急下潜，以便躲开水雷船发射的炸弹。

3分钟后，6颗深水雷炸弹几乎同时在潜艇四周炸开，潜艇被逼潜到水下83米深处。摩尔知道，只要有一颗炸弹在潜艇5米范围内爆炸，就会把潜艇炸出个大洞来。

为了避开轰炸，潜艇关掉了所有的电力和动力系统，全体官兵静静地躺在床铺上。当时，摩尔害怕极了，连呼吸都觉得困难。他不断地问自己，难道这就是我的死期？尽管潜艇里的冷气和电扇都关掉了，温度高达36度以上，摩尔仍然冷汗涔涔，披上大衣牙齿照样碰得咯咯响。

日军水船连续轰炸了15个小时，摩尔却觉得比15年还漫长。寂静中，过去生活中无论是不幸运的倒霉事还是荒谬的烦恼都一一在眼前重现，摩尔加入海军前是一家银行的职员，那时，他总为工作又累又乏味而烦恼；抱怨报酬太少，升迁无望；烦恼买不起房子、新车和高档服装；晚上下班回家，因一些琐事与家人发生矛盾，这对摩尔来说似乎都是天大的事。而今置身这坟墓般的潜艇中，面临着死亡的威胁，摩尔深深感受到，当初的一切烦恼显得那么的荒谬。他对自己发誓：只要活着看到日月星辰，从此再不烦恼。

日舰扔完所有炸弹终于开走了，摩尔和他的潜艇重新浮上水面。战后，摩尔回国重新参加工作。从此，他更加热爱生命，懂得如何去幸福地生活。摩尔说："在那可怕的15个小时内，我深深体验到，对于生命来说，世界上任何烦恼和忧愁都是那么的微不足道。"

的确，对于经历过死亡而重获新生的人们来说，以前的所有烦心事根本算不了什么，只要活着，就是幸福和快乐。

生命是上苍赐予我们的礼物，经历过死亡洗礼的人，更懂得生命的珍贵，更能深刻地感悟到活着就是幸福。

心灵寄语

相对于生命来说，平常生活中的那些烦恼，诸如长相不如人，工作不如意，升职不顺利等，都算不了什么。事实上，每天早晨醒来，只要能看见第一缕阳光，确定自己的眼睛还能看见这个世界，我们还有什么好烦恼的呢？每天晚上躺在舒适的床上，发现自己还能健康地存在着，确定自己真实地存在着，那还有什么好忧愁的呢？

生命的价值

碧 巧

美国一位广告人得了皮肤癌，他对妻子说："我一生都想从事自由写作，现在趁自己还行的时候一定要试试看。"于是他辞了职，用全部积蓄5000美元，在新泽西州北部买了一间破旧的大农舍，并把屋后的鸡舍收拾了一下，改为写作室。起初，他要写一篇关于海军潜水员初学潜水感受的文章，但总是觉得言不由衷、词不达意。

他决定亲自试试潜水的滋味。他生平第一次潜下水去，紧握着绳索，慢慢地潜入水的深处。不久两耳便开始疼痛，后来痛得简直无法忍受。潜水手套随着那条黏糊糊的绳索滑下，他控制不住下沉的速度，一只笨重的潜水靴又夹在木桩里拔不出来。"拖我上去！"他惊恐万状，对着附在头盔上的扩音器大喊。他被拉出了水面，掀起头盔，觉得喉咙里有些东西堵得慌，吐出来，竟然是一口鲜血。原来在强大的水压下，他的喉咙里有些毛细血管破了。他的成绩不错，下潜了12公尺。

他卖掉了那篇绘声绘色的文章，所得稿酬足以使他偿还许多积欠的账单。从此以后，他对新事业定了个原则：选出最棘手的目标，亲自经历一番，然后再动手下笔。最终，他成了一个炙手可热的纪实作家。

心灵寄语

对人类来说，有什么东西比生命更宝贵呢？用生命换来的东西自然价值连城。在生活和事业中，只要敢于拿生命来做赌注，那么就没有什么不敢做、不能完成的了。

珍惜现在所拥有的

宛 彤

你生命中最重要的时刻就是现在，你生命中最重要的人就是现在和你待在一起的人。珍惜现在自己所拥有的一切吧！

从前有个年轻英俊的国王，他既有权势，又富有，但却总是为两个问题所困扰：

1. 我一生中最重要的时光是什么时候呢？

2. 我一生中最重要的人是谁？

他对全世界的哲学家宣布，凡是能圆满地回答出这两个问题的人，将分享他的财富。哲学家们从世界各个角落赶来了，但他们的答案却没有一个能让国王满意。

这时有人告诉国王，在很远的山里住着一位非常智慧的老人，他肯定能回答国王的问题。国王马上就出发了。

国王到达那个智慧老人居住的山脚下，装扮成一个农民。

他来到智慧老人简陋的小屋前，发现老人盘腿坐在地上，正在挖着什么。"听说你是个智慧的人，能回答所有问题。"他说，"你能告诉我谁是我生命中最重要的人，何时是最重要的时刻吗？"

"帮我挖点儿土豆，"老人说，"把它们拿到河边洗干净。我烧些水，你可以和我一起喝一点儿汤。"

国王以为这是对他的考验，就照他说的做了。他和老人一起待了几天，希望他的问题得到解答，但老人却没有回答。

最后，国王对自己和这个人一起浪费了好几天时间感到非常气愤。他拿出自己的国王印玺，表明了自己的身份，宣布老人是个骗子。

老人说："我们第一天相遇时，我就回答了你的问题，但你没明白我的答案。"

"你的意思是什么呢？"国王问。

"你来的时候我向你表示欢迎，让你住在我家里。"老人接着说，"要知道过去的已经过去，将来的还未来临——你生命中最重要的时刻就是现在，你生命中最重要的人就是现在和你待在一起的人，因为正是他和你分享并体验着生活呀！"

心灵 寄语

没有人能够准确地预知未来，也没有人能够挽回过去，明天要发生什么事很难确知，昨天已经过去的事我们也无法挽回，我们所能把握的只有今天，今天才是最真实的。因而，把握好今天，把握好现在，让每一天都活得很充实，这才是我们必须坚持的。

生命的礼物

采 青

  我没有回报过社会。父亲时常教导我和姐姐，仁爱始于家庭。因而，我慷慨地给予家人和朋友关爱，但没为别人做过什么。我一直很钦佩那些人——他们自愿花时间和金钱救助身处困境的人们。当然，我也富有同情心，当看到报道红十字会拯救遭飓风袭击的灾民时，我的心都碎了，要知道，除了身上的衣服，这些难民失去了一切。我从未主动地援助过任何人，也从未捐过款。

  我常因此感到不安，即便如此，这种负罪感也没能激发我做任何关爱他人的事。我宁愿不去想世间的苦难，所以，看电视时，只要有"援助儿童"的广告，我就换频道。眼不见，心不烦——这就是我对待世间苦难的方式。

  内心中，我常为自己找借口，比如我对他人疾苦过于敏感，倘若过分关注，自己也会深感痛苦。我很清楚，自己不可能救人于危难。卷入他们的生活，只会让自己像他们一样沮丧、心烦意乱。我告诉自己，那不是他们真正需要的，他们也不想得到别人的同情；他们真正需要的是安慰，对，是精神慰藉，最重要的是，他们需要别人给予希望。而我从不相信自己能给谁希望。

  数月后，我22岁的侄女打电话给我，她的声音非常甜美，总让我内心深受触动："姑姑，血库打电话问我献不献血。你可以陪我去吗？"我同意了。

我第一次，也是仅有的一次献血是在十年前的海湾战争时期。那时，我最好的朋友是流动陆军外科医院的护士，我是因她才献血的。我还寄给她一个装满糖果和日用品的包裹，这些都是她在前线不可能有的。我记得我还为此很开心。

去血库前，我不知道会以具体人的名义献血。那里有一个公告栏，上面都是儿童医院小患者们的照片。两年前，正是在这家医院，我身患癌症的女儿离开了人世。因此，我很同情这些与绝症抗争的孩子们。有一张照片是一个 9 岁的黑人小女孩儿，由于药物缘故，她的小脸有些肿胀，但那漂亮的脸蛋似乎会说话。她叫亚里克西斯，正与病魔作斗争。她生命的大部分时间几乎都在与癌症抗争，我了解到，她的病情曾两次好转，但现在又恶化了，这已经是第三次了。于是，我请求以她的名义献血。

我不晕针，整个献血过程无丝毫疼痛。血库要赠我一个毛茸茸的小动物和一件T恤，我婉言谢绝了。我献血并非有所图，仅仅是想献血。一个半月后，我又来献血。再一个半月后，我第三次献血。我觉得这是我力所能及的，因此我暗自发誓，只要身体健康，就经常来献血。我几乎不看电视，但我坚持在上班前打开电视。虽然并没坐在电视机前收看，但我能听到播放的内容。一天早上，我听到播音员报道一个名为亚里克西斯的小女孩。我立即上前看，想知道报道的是不是我在血库认识的那个小女孩儿，的确是她。

亚里克西斯在抗击绝症的过程中死去了，我非常伤心。我听着亚里克西斯的故事，泪流满面。报道说她是一个非常出色的孩子，对这一点我并不感到惊讶，因为在血库的那张照片上，我从她的眼睛里就看出来了。她有着天使般的面庞，微笑中满是乐观和勇气。我看她第一眼，就喜欢上了她。

那天早上，我得知她的故事和死讯并非巧合。她现在是一个天使了，她觉得让我知道这一切很重要；于我而言，我的献血行为没什么大不了的，但对她，

对那些在生命边缘挣扎的孩子们，却是极了不起的。

我从未见过这个了不起的孩子，也没接触过她，然而，她却深深地打动了我，她的精神触动了我灵魂的最深处，令我无法忘怀。我喜欢把她当作我女儿的好朋友，在另一个世界里，她们很快乐、很健康，像所有小女孩儿一样，她们嬉笑着、玩闹着。

我的医疗师总对我说，尽管我做的事不占用太多时间，不花费太多气力和金钱，但这并不意味着我所做的没有价值。对需要帮助的人们，我们做的每件小事都意义深刻。

心灵寄语

勿以善小而不为。点点滴滴的善行加起来，价值就不菲了。

找到生命的意义

晓 雪

　　一位通达的老太太正带着家人在伊豆山温泉旅行。有个名叫乔治的16岁少年在伊豆山跳海自杀，被警察救起。他是个美国黑人与日本人的混血儿，愤世嫉俗，穷途末路。老太太到警察局要求和青年见面。警察知道老太太的来历，同意她和青年谈谈。

　　"孩子，"她说时，乔治扭过头去，像块石头，全然不理，老太太用安详而又柔和的语调说下去，"孩子，你可知道，你生来是要为这个世界做些除了你以外没人能办到的事吗？"

　　她反复说了好几遍，少年突然回过头来，说道："你说的是像我这样一个黑人？连父母都没有的孩子？"老太太不慌不忙地回答："对！正因为你肤色是黑的，正因为你没有父母，所以，你能做些了不起的妙事。"少年冷笑道："哼，当然啦！你想我会相信这一套？"

　　"跟我来，我让你自己瞧。"她说。

　　老太太把他带回小茶室，叫他在菜园里打杂。虽然生活清苦，但她对少年却爱护备至。生活在小茶室中，处身在草木苍郁的环境，乔治慢慢地也心平气和了。老太太给了他一些生长迅速的萝卜种，10天后萝卜发芽生叶，乔治得意地吹着口哨。他又用竹子自制了一支横笛，吹奏自娱，老太太听了称赞道："除了你没有人为我吹过笛子，乔治，真好听！"

少年似乎渐渐有了生气，老太太便把他送到高中念书。在求学的那四年里，他继续在茶室园内种菜，也帮老太太做点儿零活。高中毕业，乔治白天在地下铁道工地做工，晚上在大学夜间部深造。毕业后，他在盲人学校任教，他对那些失明的学生关怀备至。

"现在，我已相信，真有别人不能做只有我才能做的妙事了。"乔治对老太太说。

"你瞧，对吧？"老太太说，"你如果不是黑皮肤，如果不是孤儿，也许就不能领悟盲童的苦处。只有真正了解别人痛苦的人，才能尽心为别人做美妙的事。你17岁时，最需要的就是有人爱惜你，没有人爱惜，所以那时想死，是吧？你大声呐喊，说你要的根本不可能得到，根本就不存在——可是后来，你自己却有了爱心。"

乔治心悦诚服地点点头。

老太太意犹未尽，继续侃侃而谈："尽量爱护自己的快乐。等到你从他们脸上看到感激的光辉，那时候，甚至像我们这样行将就木的人，也会感受到活下去的意义。"

心灵寄语

没有了自信，也就没有了希望。很多人因此而觉得没有了明天，甚至要毁掉今天。充满自信和激情，找到了生命的意义，每个人都能做些了不起的事。

生命的意义更值得追寻

碧 巧

如果你发现自己的心态浮躁，是因为你整天被家人、朋友围绕着，耳边充斥着各种让人烦躁的噪声，整日忍受着繁忙的工作、家庭琐事的无穷折磨，每天的神经都绷得紧紧的，得不到一丝喘息的机会，那你就找一段时间什么也不做，认认真真地让自己彻底放松一下，这对解除你浮躁的心态一定会有帮助。

曾有一位事业有成的企业家，当他的事业到达巅峰时，他突然感觉到人生无趣，便特地跑到一家远近闻名的修道院请大师指点迷津。

大师告诉这位对人生感到毫无兴趣和信心的企业家：

"鱼无法在陆地上生存，你也无法在世界的束缚中生活；正如鱼儿必须回到大海，你也必须回归安息。"

"难道我必须放弃自己所有的一切，进入山里修炼，才能实现自己心灵的平静？"企业家无奈地问。

"不！你可以继续你的事业，但同时也要回到你的心灵深处。当回到内心世界时，你会在那里找到企求已久的平安。除了追求生活上的目标外，生命的意义更值得追寻。"大师说。

在喧闹的人群里，我们往往听不见自己的脚步声。远离喧闹的人群，能让我们重新认识到自我的存在。

你可以从每天抽出一小时开始，一个人静静地待着，什么也不做。当然前提是，你要找一个清静的地方，也许刚开始这么做的时候，你会觉得心慌意乱，因为还有那么多事情等着你去干，你会想如果是工作的话，早就把明天的计划拟订好了，这样干坐着，分明就是在浪费时间；可是，如果你把这些念头从大脑中赶走，坚持下去，渐渐你就会发现整个人都轻松多了，这一个小时的清闲让你感觉很舒服，干起活来也不再像以前那样手忙脚乱，你可以很从容地去处理各种事务，不再有逼迫感。你可以逐渐延长空闲的时间，三小时、半天甚至一天。

放松有助于减轻快节奏生活造成的压力，带给你安详平和的心境。抛开一切事情，什么也不干，把你从混乱无章的感觉中解救出来，让头脑得到彻底净化，这样做会给你的生活和工作带来意想不到的好处。

心灵 寄语

当回到内心世界时，你会在那里找到企求已久的平安。除了追求生活的目标外，生命的意义更值得追寻。

希望就是生命的全部

佚 名

一个微小的希望，对于一个孩子来说，却是生命的全部。有一名老师，本来她应该和大多数老师一样在公立学校按部就班地授课，但后来她被分配到大医院里帮助住院的孩童。她的工作主要是帮住院的病童补习学校正在进行的课业，这样，等孩子痊愈返校后，课程才不至于落后太多。

一天，这位老师接到一个例行工作电话，请她去探访一名住院的男孩儿。她照例记下男孩儿的姓名、医院名称及电话号码，并且详细询问了她要授课的内容。电话另一端的老师告诉她："我们现在正在学名词和动词，如果你能协助他做功课，让他别落后于全班进度，我将十分感激。"

孩子具体得的是什么病，这位老师并不知道，没有人事先告诉她。直到这位探访老师来到男孩儿的病房外，她才知道他住在烧烫伤中心。

为了预防感染，她进入之前必须先穿戴医院的无菌衣帽。护士还告诉她别触摸那男孩儿及他的病床。她只能站在旁边，透过口罩跟他说话。

当她终于完成冲洗消毒，并穿上衣袍后，她深吸一口气，走进病房里。那名全身烧成重伤的小男孩儿，显然十分痛苦。也许这种气氛太紧张了，她看到男孩

儿后，简直愣住了，一时之间不知说什么好，自己给自己鼓气说："人已进来，不能再转身走出去。"最后她只好结结巴巴地说："我是探访医院的特别教师，我特地来教你名词和动词。"事后，她自认为这是她最失败的一次授课。

几天后，她返回医院，刚好碰到一名烧烫伤中心的护士，这位护士问她："你对那男孩儿做了什么事？"

这位老师真不知道发生了什么事，莫不是出了什么岔子？她正要向护士道歉，那护士打断了她的话。护士说："你不晓得，原来我们都很担心他哩，但自从你上次来过之后，他整个态度都改变了，他不仅与病魔奋战，对治疗也有了反应，更重要的是，他已经坚定了要好好活下去的信心。"

那个男孩儿很快痊愈了，又回到学校上课了，他提出要感谢学校及那位特别老师。他自己解释说，他原本已完全放弃希望，觉得自己快要死去了，直到他见了那位特别教师。曾经因烧伤太严重而放弃生存希望的小男孩儿，眼中含着快乐的泪水说："他们总不会派特别教师来教一个快死掉的孩子名词和动词吧，对不对？"

心灵寄语

做老师最重要的是学会如何去欣赏自己的学生，帮助他们树立信心，在学生的人生道路上不停地为他们鼓掌欢呼，为他们"加油"。学会赏识，正是打开学生潜能之门的金钥匙！在教师的赏识中，学生必然处于一种被关注、被关心的状态中，他们学习的积极性会随之而增。他们在这样的环境中，心态处于积极健康的状况，为人处世自然充满信心。他们在老师欣赏的眼光中，会关注自身，找到自己的优势和缺点，在学习知识的同时认识自我、欣赏自我。

放松生命

冷 薇

　　记得鲁迅说过这样的话：时间就像海绵里的水，只要你去挤，它总是会有的。现代社会实在是这句话的最好证明。不仅时间，就连我们的生命、我们的精力，也仿佛成了海绵里的水，随时可以挤出。

　　看看周围的同事，哪个不是夜以继日、争分夺秒；看看身边的人们，哪一个不是匆匆，再匆匆。这已经成为一种时尚，成为现代人的必需。

　　在男耕女织，日出而作、日落而息的慢节奏社会里，文人雅士低吟浅唱，弄诗作画，好不浪漫。而现在我们忙于工作、忙于应酬、忙于挣钱、忙于给自己充电，甚至也忙于消费、忙于娱乐，一句话，我忙着呢。好像只有这样才能显示出自己的价值一样。忙，成了我们逃避一切的最好借口。

　　一样的花开花落，一样的岁岁年年，我们拥有舒适，却并不舒服；拥有娱乐，却无法快乐。难道今人反不如古人懂得享受了吗？回到故纸堆中，原来先哲们早就注意到生命的话题，对养生之道有过深入探讨，得出中庸的大原则。

　　中庸，就是中正平和，是一种恰到好处、无过无不及的状态，西方学者称其为适度。中庸原则和适度原则有广泛的适用范围，无知的自然界、有智慧的人类

都必须遵循，不然，必将受到规律的惩罚。

如此看来，我们是该放松自己生命的弦了。

放松生命的弦，也就是放慢生命的节奏。生命只此一次，重要的是经历的过程而不是结果；创造的过程其实更该是享受的过程，享受一分自在与悠闲。殊不知生命的弦也跟琴弦一样，绷得太紧，是会断的。做人，不要太过于逼迫自己，生命属于自己只有一次，适当地放松一下，别把自己生命的弦绷断了。

海绵里的水，真是取之不尽、用之不竭的吗？这简直经不起一点推敲，更不必用科学去证明。海绵里纵使装有一个大海，可海也有边、有沿、有高度、有体积，即使每天只取出一瓢，也终有干涸的一天，何况人的生命？

要知道，轻松的生活本来就是自己创造出来的。

悠着点儿，上班的时候别光想着不要迟到，看看路边的风景，听听喜欢的音乐，和身边的人聊聊国家大事日常小事，下班了，跟无休止的加班说声"拜拜"，回到家中，和家人一起吃饭、看电视、聊天，星期天睡个长长的懒觉，听听很久以前的老歌，想想很久以前的心情，和多日不见的朋友聚聚。忘掉工作带来的压力，忘掉同事所取得的一个个资格证，有空回乡下老家看看，让自己生活在一种慢镜头中，去钓鱼，去耕种，去享受另一种生活带来的乐趣，也来个得过且过，当一天和尚撞一天钟。不是凡事睁只眼、闭只眼的那种，而是做完自己该做的就心安理得，没必要逞强好胜。

放松自己心灵的弦，给心一份宁静与空灵，宁静的心方能感受到美丽，空灵的心才会产生出智慧。

生命之舟

向　晴

一只飘摇的生命之舟，从时空的长河中缓缓驶来。

舟中有一个刚刚诞生的生命，他不会说，不会笑，不会跳，不会闹，也不会思考，他只是沉睡着。远处传来一个声音："你从何处来？要到何处去？"

刚诞生的小生命重复道："我从何处来？要到何处去？"

生命之舟在时空的长河中默默前行。忽然，又传来一个声音："等一等！我们想与你一同旅行，请载我们同去！"顺着声音传来的方向看去，只见痛苦与欢乐、爱与恨、善与恶、得与失、成功与失败、聪明与愚钝，手拉着手游向生命之舟。

痛苦从左边上了船，欢乐从右边上了船；爱从左边上了船，恨从右边上了船……待这些人生的伴侣们进到了船舱，这只飘摇的生命之舟顿时沉重了许多，舱中的气氛顿时活跃了，哭声和笑声接连从舟中传出来。

忽然，又一个喊声传来："等一等！等一等，还有我们。"随着声音，只见清醒与糊涂、路人与朋友双双携手游来。清醒从左边上了船，糊涂却迟迟不肯上去。路人从左边上了船，朋友也迟迟不肯上去。

"喂！怎么回事？朋友！糊涂！你们快上来呀！"一个声音招呼着他们。

"不！除非糊涂先上去，我才会上去！否则，生命是容不下我的！"朋友说。

"不！我也不想上去，我知道我是不受欢迎的。"糊涂说。"请上船吧，糊涂！你知道你在我的一生中多么重要吗？我要得到朋友，首先要得到你，我要成就一番事业，没有你是万万不行的。"船中的生命呼唤着。

于是，糊涂犹犹豫豫地上了船，朋友紧跟着也上去了。飘摇的生命之舟，在时空长河中满载着前行。

这时，后面又传来了呼唤声："等一等我，别忘了我！我一直在追随着你哪！"这是死亡的呼喊。

生命之舟没有停下，不知是它没有听见，还是不愿听见死亡的声音。生命之舟继续向它的"去处"驶去。死亡紧紧地在后面追赶着。

心灵 寄语

生命如船，生命之舟载不动太多的物欲和虚荣，要想使船在抵达彼岸时不在中途搁浅或沉没，就必须轻载，只取需要的东西，把不应该要的都搁下。

生命链条

雁 丹

有个老铁匠，他打的铁链比谁的都要牢固；可是他木讷不善言，卖出的铁链很少，所得的钱只够勉强糊口。

人家说他太老实，但他不管这些，仍旧一丝不苟地把铁链打得又结实又好。有一次，他打好了一条船用的巨链，装在一条大海轮的甲板上做了主锚链。这条巨链放在船上很多年都没机会派上用场。有天晚上，海上风暴骤起，风急浪高，随时都有可能把船冲到礁石上。船上其他的锚链都放下了，但是一点儿也不管用，那些铁链就像纸做的一样，根本受不住风浪，全都被挣断了。最后，大家想起了那条老铁匠打的主锚链，把它抛下海去。

全船一千多乘客和许多货物的安全现在都系在这条铁链上。铁链坚如磐石，它像只巨手一样紧紧拉住船，在狂虐的暴风雨中经受住了考验，保住了全船一千多人的生命。

当风浪过去，黎明到来，全船的人都为此热泪盈眶、欢腾不已……

在人生漫长的道路上，我们每个人也都在努力地打着一条"铁链"，它不是铁做的，而是以自己的能力、学识和恒久的努力为材料的。在某一个时候，肯定会用到它。是否牢固坚韧，就看你在平时是否扎扎实实地打好了每一锤。

勇敢的人

晓 雪

我是媛媛。

我今天要告诉你的，是我发现了我心目中最勇敢的人。

你猜猜，他是谁？

算了吧，如不是我告诉你，你是不可能猜出来的，我也不会猜到他。

他就是我们班的罗军。

哦，你们都笑了，我知道你们为什么笑，你们认为我要么在说笑话，要么就是神经有问题，要不怎么会把最胆小的罗军说成最勇敢的人呢？

说实话，过去我也同你们一样，认为罗军是最胆小的人，他比我们女孩子都胆小，我们常常议论他，说上帝没长眼睛，竟会把那么壮实的身子给了一个那么胆小的人。

他不怎么说话，特别是面对我们这些女孩子，他更是永远没有一句话。我们对他的印象只有一个，就是他低着头，坐在他的座位上，两手无措地乱动。

他从不敢同男同学发生争执，如果因为什么事他同某个同学对峙起来，那么首先退让的总是他，总是他低着头匆匆走开，那急忙的样子好像迟一点儿对方的

拳头就会落在自己头上一样。

在体育上同样表现了他的胆小，那些对抗性太强的运动诸如足球什么的，他是永远不会去试一下的，就连跳马他也不敢，每次跳马都以他可怜兮兮地趴在木马上告终。

就是这样一个人，我竟然说他是世界上最勇敢的人，难怪你们会发笑，难怪你们会怀疑我的神经出了问题。

但我还是要说，他——罗军，是我心目中最勇敢的人，而且，我曾经被他的勇敢感动得流了泪，而且他的勇敢行为使我修正了自己对勇敢的认识。

你们还记得上周六在江边举行的露天音乐会吧？听说很多同学都去了，我也去了，我同我的表哥还有妹妹一起，坐在台阶上，边喝百事可乐边听贝多芬。

那天很热，热得一点儿不像春而像是盛夏来临。

那天的音乐会很盛大，很庄严，同时也很华丽。

盛大庄严是音乐会本身，而华丽则是指观众，那天欣赏音乐会的人都穿得很漂亮。

我爸爸说了，艺术永远是属于少数有钱人和有闲人的东西。

因此我对露天音乐会也有这样的华丽一点儿不感到奇怪。

在这休息20分钟的时间里，一个同音乐会的华丽极不协调的身影出现了，一个穿得十分破烂的老太婆——也许她并不太老，是生活的艰难使她过早地显出了老态。她背着一个很大的编织口袋，从我们这些穿着华丽的人群中间走过，她不断地弯下腰，去捡拾那些我们扔下的可乐瓶、纯净水瓶，还有用来垫座的废纸。

她与音乐会实在太不协调。她走过人群时，有的人赶紧站起来让开，有的人把手中还没有喝完的可乐连瓶递给她，也有人掏出钱给她，也有的人——在讥笑她。可她没有什么表情，没有感激也没有愤怒，仍然一个一个地捡可乐瓶，一下一下地弯腰。

这时，另外一个身影出现了。

一个满头大汗的男孩子跑了过来，他的手里也抓着几个可乐瓶。他跑进人群，见到了那个穿着破烂，背着一个大编织袋的老太婆，然后——他响响亮亮地叫了一声"妈妈"。

我不用说你也会想象得到，在那样的环境下，在那样的地方，要叫出那声响亮的"妈妈"，需要多么大的勇气，需要多么勇敢。

那些来听音乐会的人，那些穿着华丽的人，还有那些讥笑老太婆的人，都默默地看着这个壮实的男孩儿，眼中都充满了赞许。

我不用说你也知道了，这男孩儿是罗军。

从此，罗军成了我心目中最勇敢的人。

因为他在那种时候喊出了那声响亮的"妈妈"。

心灵 寄语

无论父母身份、地位如何，他们都是创造并养育了我们的人。因此，在何时何地称呼他们"爸爸""妈妈"都是天经地义的事情，与旁人无关。或许，只有站在世俗的立场上考虑，才会觉得这是勇敢之举吧！

半支蜡烛

雨 蝶

那天出差，我来到北方一个陌生的小城市，投宿在一家普通的旅馆。进进出出的，都是陌生面孔。

房间内有三个床位。夜晚，仍是我一人，我担心着随时可能闯进一个陌生人来。我看着电视，荧屏一闪一闪地换着人物，很频繁。我略为轻松了。蓦然，荧屏上热热闹闹的人群没了影儿，室内一片漆黑，像隆重的舞会一下断了电。楼外的灯光也消逝了。整幢楼传出惊愕和呼喊。

我摸近写字台，拉开抽屉，捏住了空荡荡的抽屉一隅的半截蜡烛。这是我进入这个房间时，无意中发现的。

半支蜡烛，躯干很细很圆，也很凉，它躺了不知多久，几乎被遗忘了，连服务员清理房间时也忽视了它的存在。我捏着它。我没有火柴，捏着蜡烛，走出房间，能看到长长的走廊尽头一扇窗口外边朦胧的夜色。走廊内一片混乱，开门声、脚步声、呼唤声。显然，大家都没料到断电。

于是，我想，我手里的半截蜡烛已有些年月了——人们似乎已经忘记了它的存在。可现在我握着它，生怕它失落，我握着它，我的体温通过掌心温暖了它。

迎面闪过一个身影。我说："有没有火柴。"她说没有。她一开口，我才知道是个女性，声音使我想到了山泉。她喊服务员，声音里包含着恐慌。我说我有蜡烛。她便朝走廊内毫无目标地喊："谁有火柴、打火机，点个亮。"她仿佛在向人间呼吁。

我继续试探着朝走廊尽头的窗口方向走。我的眼睛渐渐适应了突然降临的黑暗。我像持着旗帜招兵买马，我大声喊，我有蜡烛，谁有火柴。那个女性也尾随着我协同呐喊，我说："这么多旅客，肯定会有火柴的。"似乎自言自语，似乎在安慰她。

数步远，猛然跳出一朵火苗，像茫茫戈壁的暗夜中闪现出的一堆篝火。他说快点儿快点儿。一个中年男子粗犷的喉音。

我赶上前，蜡烛的顶端棉芯接触了打火机的火苗，像恋人美好深情的吻。蜡烛的火苗陶醉般地摇摇晃晃，渐渐明亮起来，欢跃起来。它的光亮映出其他两张绽开了微笑的脸。接着，又惊喜地围过来几张陌生的脸，都笑着。我看着他们并不陌生的陌生的脸，我也笑了。我没急于返回房间。这亮光属于众人，我不能独自享用。

她说："你倒有经验，出差还备着这玩意儿。"

我说："我在抽屉里发现的，我可没先见之明，现在出差到哪里会没有电灯呢？在城市，蜡烛已成稀罕物了。"

我托着蜡烛，缓缓地走过一张张敞开的门——迎接光明的门，我十分乐意地接受里边的旅客偶尔提出的借个光的要求。他们是在寻觅断电的瞬间失却或遗落的物件；找着了那物件，像重逢一样的欢欣，显出孩童的纯真。

我的心房也随着烛光一亮一亮地闪动。这座城市、这座旅馆不再陌生和恐惧——一个人进入一个陌生的地方难免生出的感觉。

经过一扇一扇敞开的门，我到达了房间。又是意外，豁然灯火通明，荧屏又出现一个彩色的世界。走廊传来惊喜的声音，接着，纷纷"砰砰"的关闭房门的响声。我也关上了房门。

心灵寄语

其实人与人之间的关系很简单，就像这半根蜡烛，你为别人提供一丝光亮，别人回报你友善，仅此而已。

快乐生活的哲学

身体残疾并不可怕，因为和那些逝去的人们相比，至少你还活着，这是生活给我们的最大安慰。调整好心态，以饱满的热情积极地迎接生活，一样可以活得精彩。

一只羊其实是怎样的

诗 槐

对于我来说，我的生命无意中为我存留了一些印迹、一些人或者事情。另外，还有一只羊。

在我七八岁的时候，家里有过一只羊，是一只绵羊。

它肯定是在很小的时候被买来的。可我完全不记得它小时的样子。在我的印象里它是一只很大的羊。它健壮、肥硕、高傲、沉稳，一副成年人的模样。在我小的时候，我分不清一个人和一只羊有什么本质上的不同。我把它当成家里的一口人，而且是一个大人。当时粮食很紧张，父亲42元钱的工资要养活全家六口人。在这种情况下，一只羊能长成那样的强壮，除了一家人，当然包括羊在内的相互扶持之外，似乎不可能再有别的什么解释了。

我家的这只羊，在我的思维定式尚未形成时走近了我，我没有那些现有的经验，所以我觉得它所有的作为都浑然天成，非常自然。

首先，它绝不逆来顺受。当然，如果确实是它错了，它会沉默着听你教训，可是如果错的是你，是你无缘无故地欺负了它，它不会善罢甘休，用现在的话说，它是一定要讨个说法的。记得有一次，我二哥牵着它去地里吃草，二哥当时的思维还沉浸在头天晚上看的电影《地雷战》里，他捡了一根棍子，又开腿对羊做了一个日本鬼子劈刺刀的动作，同时喊了一声"八格牙鲁"，他太轻视了一只羊有可能对这个动作做出的反应。绵羊当时发了一下怔，不知它头天晚上是不是也和二哥一起看了那场电影，反正它当即判断出了这个动作所具有的侮辱性质，它把头一低，义无反顾地冲了上去。二哥见它来势凶猛，吓得转身就跑，它在后面奋力直追，一直追出三四里地。最后二哥向它举手投降，它才和二哥和好如初。还有一次，邻居家的小伙子在手心里放了很小的一点儿干粮渣，然后非常夸张地招呼它。它不想辜负别人的好意，走了过去。等它弄明白发生的事情后，它选择了轻蔑地离开，在离开的过程中却又出人意料地转身给了正在得意的那人一个教训，使他记住了捉弄一只羊会得到什么样的报应。同样它的行为也导致了围观者的一片大惊小怪。是呀，一只羊怎么可以有这么强的自尊心呢，怎么可以张扬自己的个性呢？

在一个风雪交加的夜晚，一向沉默的它突然放声大叫，低沉的声音表达着一种焦虑，父亲出门一看原来大风吹开了院门，家里刚买的半大山羊跑出了院子。是大绵羊的警觉使家里避免了一笔不小的损失。所以你同样也没见过会看家的羊吧？另外还有它的聪明，它的聪明不但让幼时的我觉得非常神秘，即使到今天，我还感觉到几分诡异。

有天中午，我妈有事出去，把羊关进了羊栏，还在羊栏的出口处挡了一块菜板，把我关进了屋里，然后锁上了院门。和羊单独相处的时候，我从不敢擅自到它跟前去，所以我一个下午没有出屋。后来大概羊和我一样等得不耐烦了，要不就是它想知道我在做什么，只听"哐啷"一声，羊抵碎了菜板自己把自己放出来了。然后它直奔房门，用头一下下撞门。我知道它是过来找我了，我当时的反应是赶紧找个地方藏起来。于是我撩起床单，钻到了床下。过了一会儿，听不到撞门声，我从床下探出脑袋朝外张望，忽然看见大绵羊正把前腿搭在外面窗台上，伸着头朝屋里张望。可能是它的脸太长了，影响了视线，它

竟然把头侧过去，用一只眼紧贴窗玻璃，所以它的姿势和表情看上去都格外的怪异。我在这只羊的窥视下绝望地哭了起来。

当初买这只羊，肯定是要养大后卖掉补贴家用的，可它的种种不同凡响，让它一次次拖延了离家的时间。然而一只羊的最后结局总难摆脱，那是它的宿命。而对于我来说，与它相处的经历，则是一种缘分。我想，如果有一天，我碰到一只羊，它非常体面地走过来，用流利的汉语或者英语同我打招呼，我会很自然地同它交谈，而且一点儿都不会觉得奇怪。因为在我很小的时候，我就已经知道了，一只羊其实是怎样的。

心灵寄语

　　其实做人也应该如同这只羊一样，正直、负责、友善、沉稳。这也是一个人应该具备的素养。

感　恩

秋　旋

　　他的话讲完了。整个会场一片沉静，是那种每个人都受到震撼之后的沉静。许久，才有人想起鼓掌。

　　掌声响亮。

　　那是大陆和台湾的十大杰出青年的一次座谈会，地点在北京的西苑饭店。先他发言的是大陆的陈章良、孙雯和台湾的一个青年科学家。三位明星人物的发言都挺精彩，但就是太报告化了，拖的时间太长。轮到他发言时，已过了预定的会议结束时间，于是主持人宣布让他讲三分钟。

　　他的第一句话是"日本有个阿信，台湾有个阿进，阿进就是我"。接着这句开场白，他给大家讲了他的故事：

　　他的父亲是个盲人，母亲也是个盲人且弱智，除了姐姐和他，几个弟弟妹妹也都是盲人。盲人父亲和母亲只能当乞丐。住的是乱坟岗里的墓穴。他一生下来就和死人的白骨相伴，能走路了就和父母一起去乞讨。他9岁的时候，有人对他父亲说，你该让儿子去读书，要不他长大了还是要当乞丐。父亲就送他去读书。上学第一天，老师看他脏得不成样子，给他洗了澡。这是他生命中第一次洗澡。

为了供他读书，才13岁的姐姐就到青楼去卖身。照顾瞎眼父母和弟妹的重担落到了他小小的肩上——他从不缺一天课，每天一放学就去讨饭，讨饭回来就跪着喂父母。盲且弱智的母亲每次来月经，甚至都是他给换草纸。后来，他上了一所中专学校，竟然获得了一位女同学的爱情。但未来的丈母娘说"天底下找不出他家那样的一窝窝人"，把女儿锁在了家里，用扁担把他打出了门……

故事讲到这里，他说，由于时间的关系，今天就不讲太多了。然后，他提高了声音："但是，我要说，我对生活充满感恩的心情。我感谢我的父母，他们虽然瞎，但他们给了我生命，至今我都还是跪着给他们喂饭；我还感谢苦难的命运，是苦难给了我磨炼，给了我这样一份与众不同的人生；我也感谢我的丈母娘，是她用扁担打我，让我知道要想得到爱情，我必须奋斗，必须有出息……"

座谈会结束后，我才知道他叫赖东进，是台湾第37届十大杰出青年、一家专门生产消防器材的大公司的厂长。

心灵 寄语

很多人抱怨自己命苦，但是和赖东进比起来恐怕只能用幸福来形容。上天对每个人都是公平的，赖东进虽然出身甚苦，但是上天给了他一颗感恩的心，让他能够有今天的成就。因此，当你经常抱怨的时候，你多想想这个故事，调整好自己的心态，才能取得进步。

快乐生活的哲学

语 梅

比尔在一家汽车公司上班。很不幸，一次机器故障导致他的右眼被击伤，抢救后还是没有保住，医生摘除了他的右眼球。

比尔原本是一个十分乐观的人，但现在却成了一个沉默寡言的人。他害怕上街，因为总是有那么多人看他的眼睛。

他的休假一次次被延长，妻子苔丝负担起了家庭的所有开支，而且她在晚上又兼了一个职，她很在乎这个家，她爱着自己的丈夫，想让全家过得和以前一样。苔丝认为丈夫心中的阴影总会消除的，那只是时间问题。

但糟糕的是，比尔的另一只眼睛的视力也受到了影响。比尔在一个阳光灿烂的早晨，问妻子谁在院子里踢球时，苔丝惊讶地看着丈夫和正在踢球的儿子。在以前，儿子即使到更远的地方，他也能看到。

苔丝什么也没有说，只是走近丈夫，轻轻抱住他的头。

比尔说："亲爱的，我知道以后会发生什么，我已经意识到了。"苔丝的泪就流下来了。

其实，苔丝早就知道这种后果，只是她怕丈夫受不了打击，要求医生不要告

诉他。

比尔知道自己要失明后，反而镇静多了。连苔丝自己也感到奇怪。

苔丝知道比尔能见到光明的日子已经不多了，她想为丈夫留下点儿什么。她每天把自己和儿子打扮得漂漂亮亮，还经常去美容院，在比尔面前，不论她心里多么悲伤，她总是努力微笑。

几个月后，比尔说："苔丝，我发现你新买的套裙那么旧了！"苔丝说："是吗？"

她奔到一个他看不到的角落，低声哭了。她那件套裙的颜色在太阳底下绚丽夺目。

苔丝想，还能为丈夫留下什么呢？

第二天，家里来了一个油漆匠，苔丝想把家具和墙壁粉刷一遍，让比尔的心中永远是一个新家。

油漆匠工作很认真，一边干活还一边吹着口哨。干了一个星期，终于把所有的家具和墙壁刷好了，他也知道了比尔的情况。

油漆匠对比尔说："对不起，我干得很慢。"

比尔说："你天天那么开心，我也为此感到高兴。"算工钱的时候，油漆匠少算了100美元。

苔丝和比尔说："你少算了工钱。"

油漆匠说："我已经多拿了，一个等待失明的人还那么平静，你告诉了我什么叫勇气。"

但比尔却坚持要多给油漆匠100美元，比尔说："我也知道了原来残疾人也可以自食其力且生活得很快乐。"

油漆匠只有一只手。

心灵 寄语

　　身体残疾并不可怕，因为和那些逝去的人们相比，至少你还活着，这是生活给我们的最大安慰。调整好心态，以饱满的热情积极地迎接生活，一样可以活得精彩。

爱

雨 蝶

一天，讲完圣诞老人的故事，我问学生们："如果圣诞老人在大年三十晚上从国外赶来给大家送礼物，你们希望得到什么？"

教室里的气氛一下子活跃起来，孩子们一个个争先恐后抢着回答。有说要金子的，有说要电视的，有说要洋楼的。

一个男孩儿，静静地坐在座位上，丝毫不为这热闹的场面所感染。

这男孩儿家境不好，出生不久便没了母亲，父亲在他 3 岁时又不幸葬身深崖。他是奶奶一手拉扯大的。在他未正式成为我的学生之前，我已牢牢记住了他的名字——倒不是因为他最后入学并欠费。那天，我写好欠条后，这唯一一个敢自己赊费来上学的孩子，拿出两张百元钞票，说是他在路上捡到的。我心情激动地接过那200元钱，也记下了"韦德"这个名字。

韦德很懂事，在班里人缘儿好，成绩总排前几名。可最近几个星期，他时不时在课堂上低头。为此他吃了好几回"冰淇淋"——学生上课走神儿，我就用冰冷的手摸摸他们暖暖的小脸蛋，孩子们将之笑称为"冰淇淋"。

"韦德，你呢？最喜欢和希望得到什么礼物？"我走到他面前轻声问道。韦德慢慢站起来，依旧垂着眼睛。我拍拍他的肩膀，鼓励他。

"老师，我家的泥屋没有烟囱，圣诞老人从哪儿进啊？"他低低的语调含着忧伤。

我一怔，是这个也许除了他以外，根本就没人会想到的问题困住了他呀！想了想，我微笑着告诉他，圣诞老人能穿墙钻地，无所不能，他自然会有办法。

韦德抬起眼睛，眼神那样晶亮，显得非常高兴，他几乎抑制不住兴奋的情绪，喊道："我想要一双棉手套和一双棉鞋！"

孩子们"哄"的一声笑开了，这愿望太微不足道了。

韦德也笑了，笑得真挚、纯洁。

"为什么？"我突然觉得这个矮小又穷困的孩子，他这个朴素的愿望绝对不会像听起来那样低微。

"老师的手很冰，有了棉手套就暖和了；奶奶的脚生冻疮，穿上棉鞋就会好了。"韦德稚嫩的童音喜悦地在教室上空盘旋着。

我想不到，韦德竟是要暖和我的手，才故意在课堂上开小差；也想不到家境如此贫寒的一个孩子，在他的任何梦想都可能得到实现的时候，许的却是这样简单而又充满爱心的愿望……

"老师，我的袜子是补过的，很旧，圣诞老人会往里面放礼物吗？"忽然，韦德想起什么似的沮丧地问道。

我还没来得及回答，孩子们已经纷纷站起来，说过年时要把自己的新袜子送给韦德。平时最调皮的几个学生这时也认真起来。

看着这些可爱的、天真烂漫的孩子，我的泪水止不住地往下淌……模糊的泪光中，我感到有一双温暖的小手正拿起

我冰冷的手，贴在他暖暖的小脸上。

而此刻，我的脑海里恍恍惚惚掠过许多词语：善良、纯洁、真挚……最终盘踞不散，定格下来的只有一个字——"爱"。

心灵寄语

生活中有些东西不必太在乎，可有些东西不能不在乎，那就是孩子的爱。

能给予就不贫穷

慕 菡

教师节那天，一大群孩子争着给他送来了鲜花、卡片、千纸鹤……一张张小脸蛋洋溢着快乐，好像过节的不是老师倒是他们。

一张用硬纸做成的礼物很特别，硬纸板上画着一双鞋。看得出纸是自己剪的——周边很粗糙，图是自己画的——图形很不规则，颜色是自己涂的——花花绿绿的，老师能穿这么花的鞋吗？上面歪歪扭扭地写着："老师，这双皮鞋送给你穿。"看看署名像是一个女孩儿——这个班级他刚接手，一切都还不是很熟，从开学到教师节，也就十天。

他把"鞋"认真地收起来，"礼轻情义重"啊！

节日很快就过去了，一天他在批改作文的时候，看到了这个女同学送他这双"鞋"的理由。

"别人都穿着皮鞋，老师穿的是布鞋，老师肯定很穷，我做了一双很漂亮的鞋子给他，不过那鞋不能穿，是画在纸上的，我希望将来老师能穿上真正的皮鞋。我没有钱，我有钱一定会买一双真皮鞋给老师穿的。"

这是一个不足10岁的小姑娘的心愿，他的心为之一动。但是，她怎么知道穿布鞋是穷人的标志？

他想问问她。

这是一个很明净的女孩子，一双眼睛清澈得没有任何杂质。当她站到他面前的时候，他似乎找到了答案。

他看见了她正穿着一双方口布鞋，鞋的周边开了花，这双布鞋显然与他脚上的这双布鞋不一样。

于是有了下面的问话。

"爸爸在哪里上班？"

"爸爸在家，下岗了。"

"妈妈呢？"

"不知道……走了。"

他再一次看了她脚上的布鞋，那一双开了花的布鞋。

他从抽屉里拿出那双"鞋"来。这时他感受出那双鞋的分量。

她问："老师你家里也穷吗？"他说："老师家里不穷。你家里也不穷。"

"同学们都说我家里穷。"她说。

他说："你家里不穷，你很富有，你知道关心别人，送了那么好的礼物给老师。老师很高兴，你高兴吗？"

她笑了。

"和老师穿一样的鞋子，高兴吗？"

她用力地点点头。

他带着她来到教室，他问大家："老师为什么穿布鞋呢？"有的同学说，好看。有的说，透气，因为自己的奶奶也穿布鞋。有的同学说健身，因为自己的爷爷打拳的时候都穿布鞋。很奇怪没有人说他穷。他说穿布鞋是一种风格，透气，舒适，有益健康。

后来这位老师告诉同学们，脚上穿着布鞋心里却装着别人，是最让老师感到幸福的！只有富有的人才能给予别人幸福，能给予就不贫穷。

能给予就不贫穷，这句话一直让我回味。

心灵寄语

只要拥有爱，人人都是富有的。只要有一颗爱心，能想着他人，为他人着想，就是富有的。只有真正懂得怎样叫作给予的人，才能真正地感受到爱的存在，才能更好地给予别人更多的爱，自己才能更快乐、幸福。

生命无价

佚 名

　　去医院对我来讲真的很讨厌，不是去怕了，是厌烦了无休止的病，不再相信药物能治好，也许就根本不是病。去医院成了对医生的依赖，其实医生不是神，心灵才是身体的神。以前一有不适就去医院，药吃怕了，钱也花了不少，可病就是不好，也许有些病不是药能治疗的。后来，便好久不去医院了。

　　最近身体很不适，但是一拖再拖，一点儿力气也没有，父亲知道后很着急的样子，甚至发火了，要我一定赶快去医治，我能明白他的爱。但我约好了，有朋友下午陪我去看医生的。不知道有没有大问题，我已习惯了身体的东痛西痛，也习惯了"病"这个字，它似乎是我最要好的朋友，常相伴在身边。我也习惯了病快快的自己，也习惯了生命的来去自然，不必害怕。只希望生命的最后也要体面地以微笑向人间告别，不要用歪曲痛苦的面容去结束偶然的一次生命。

　　得病的去了，为他难过的同时，感叹生命无常。好好活着的也因突然的灾难随着一缕烟雾消失（成都公交车的突然事件燃尽了27条鲜活的生命）。好好地在家里、在学校、在单位，生命也被无情吞噬（5·12地震死难无数），灾难接踵而来，在自然面前生命终究无力抗拒。

生命虽然是自己的，却不由自己支配。也许我们想去改变命运，但却无法掌控生命。生老病死，天灾人祸，谁也逃不过，躲不开。

生命来时不知不觉，去时却混沌一片。

谁也不知道自己从哪里来，又往何地去，活着的意义，想不明白，也无须明白。也许活着就是意义，充满善意和感恩地活着就是最大的意义。从离世人的身上，我们深深体会到生命的可贵。我们什么都可以不要，活着就够了，任何代价都挽回不了匆匆离去的脚步。

不知在哪里读到过一段话：在生命的基础地，并没有任何世界的意义，只是浑然天成，我们都在时间里成长，然后再在时间里灭亡。我们来了，然后我们走了。我们想要抓住些什么，生命却在指尖流失。我们想巩固些生命的意义，却在时间的洪流里被冲溃。

心灵 寄语

生命脆弱如蝴蝶，也许这一秒还开心快乐地活着，可是下一秒就可能要面对生死离别，都是一瞬间的事。因此，我们要尽可能珍惜自己的每一分每一秒，尽情地珍惜生命所赐予我们的，不管快乐还是悲伤，都值得拥有。

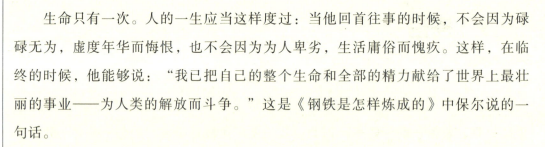

人最宝贵的是生命

采 青

　　生命只有一次。人的一生应当这样度过：当他回首往事的时候，不会因为碌碌无为，虚度年华而悔恨，也不会因为为人卑劣，生活庸俗而愧疚。这样，在临终的时候，他能够说："我已把自己的整个生命和全部的精力献给了世界上最壮丽的事业——为人类的解放而斗争。"这是《钢铁是怎样炼成的》中保尔说的一句话。

　　人的生命是有限的，如何在有限的生命中过得比较充实有意义？这个问题我想对于不同生活环境、不同生活阅历的人是有不同理解的；同一个人在人生的不同历程也有不同的认识和理解。

　　小时侯认为人要活得有意义，在家就必须听父母的话做个乖孩子，在学校听老师的话做一个好学生。要做一个有理想、有道德、有文化、有纪律的"四有"新人。要好好学习、天天向上，将来成为对社会有用的人才。随着社会经济体制的变革，金钱论的兴起，那时认为有权、有钱、有势、有人才是人生的目的，只有那样生活才有意义，才不虚度一生。

　　然而生活是现实的，也是残酷的。就拿我来说，当我的美梦还没有开始做的

时侯，我的人生磨难就开始了，在短短的三年内我的奶奶、父亲、姑姑以及姑姑的三个子女因各种原因相续离开人世，来得是那么的突然，悲哀的气氛差一点儿就把我压倒。那时的我觉得生命就是那么渺小和那么无奈，甚至我觉得天都是灰蒙蒙的了，人生无意义。后来我又认为活着就是幸运的了，一个人只要拥有健康的身体、固定的收入和一个称心如意的伴侣就是最幸福的了！

我不信佛，不认为人活着就是要受苦受难的，要死后才能进入涅磐到西方极乐世界。我认为人从一出生开始就进入了生命倒计时，在短短的几十年光景中，如何活着才对得住自己呢？如何才能让自己的生命比较有意义呢？也许是经历的事情多了，我虽达不到不以物喜不以己悲的境界，但基本上还能顺其自然，笑对人生。基于这一观点，本人一直保持着一个轻松的心态去面对生命中的每一天，能吃就吃，能睡就睡，能玩就玩，觉得过了一天生命就少了一天，吃了一餐饭生命中就少了一顿，心宽体胖，那体重直线上升，挺着一个大大的肚子。

这一段时间由于工作的缘故，每天都是早出晚归。早上天刚刚亮，我就在马路上执勤了。每日都看到各行各业的人起早去晨运，有退休的，有机关单位的，有个体工商户，还有学生。傍晚，成群结队的人在散步、在纳凉。其中有相当多一部分人我都认识，他们从我身边经过时都会停下来和我打个招呼，闲聊几句。他们都说我们辛苦了，放弃了自己的休息，为他们换来了一个秩序井然、干净整洁的舒适环境。更耐人寻味的是一个退休老干部今天对我说的话，他说他时日无多，他赶上了好日子，为了多过和多看这美好的生活，他还想多活几日，所以他要好好锻炼身体，生命在于运动，愿在有生之年能看到国家更富强、更繁荣昌盛。

这个老干部的话让我重新考虑我对生命的态度，究竟人活着是为什么？我的这个话题是不是太大了？我认真想着，却得不出一个答案来，为此我请你一起来说说看。

心灵寄语

　　健康快乐地活着，就是一个人一生最宝贵的财富。我们可以没有钱，可以没有好工作，可以没有房子、没有车，但是我们一定要有一份快乐积极的心态，再有一个健康强壮的身体，那么，我们就一定会成为全世界最富有、最幸福的人！

只是一个跟头

宛 彤

在你摔倒之前，你并不知道什么是最重要的。等你知道了，一切就已经不重要了。

那天天气不好，阴天，刮风，要下雨，他本来是准备去接妻子，但由于要和一个客户谈生意，就打电话给她，让她自己打车回去。她答应了，可是并没有做，因为单位离家很近，只隔着一条铁路，她觉得花上10元钱打车有点儿不值得，就步行回家。过铁路时，她不小心绊了一下，摔了一个跟头，她爬起来，继续往前走。此时，她还不知道，她永远也走不到从前那个幸福温暖的家了！

她怀有八个月的身孕，一个半月后，她产下一名男婴，从外表看，他健康、可爱，和正常的孩子一样。孩子长到一岁多的时候，他们发现他不正常：目光呆滞，反应迟钝，手脚笨拙，不会说话。

他们带他去医院检查：弱智。

医生告诉他们：他的头部在母体内受到重创，所以几乎没有治愈的可能。那一刻，他们一下惊呆了。他们的记忆一下子回到了那个刮风天的那个跟头。

接下来的日子，他们都陷入难以自拔的深深自责中。他认为这一切都怪自

己，如果那天不去谈生意而去接她，就不会发生今天这样的事了。她认为这一切都怪自己，如果自己那天不节省10元钱打个出租车回家，就不会发生今天这样的事了。

但事情就这样发生了，而且无法挽回。他们的人生就从这一天起，拐了一个弯，快乐和幸福，就这样从他们身边溜走了。在自责、悔恨和折磨中，他们都感觉无法再面对对方，一年后，他们分手了。

到现在八年过去了，他们俩都没有再婚，也没有再恋。他们都用自己的方式，拼命赚钱，为了在未来的某一天，当他们离开这个世界时，他们留在这个世界的儿子，生活能够有保障。

那个已经长到八岁的弱智孩子，对这一切一无所知。他只沉浸在自己的世界里。

这一切，仅仅是因为一个跟头。如果他们当年知道这个跟头之后会跟着这么多、这么重的跟头，他们无论如何也会避免摔这个跟头。

也许，这就是人生吧！在你摔倒之前，你并不知道什么是最重要的。等你知道了，一切就已经不重要了。

爱之赢

碧 巧

许多时候，"爱"总是永恒不败的。

自从两个月前父亲不幸身亡后，10岁的玛莎只能和母亲相依为命。明天就是圣诞节了，母亲掏出仅有的 5 美元递给玛莎，让她上街给自己买点儿礼物。

玛莎拿着钱找到了奥克多医生。她把 5 美元递给医生，小声请求道："奥克多先生，您能再帮我母亲做一次腰椎按摩吗？"奥克多轻轻摇了摇头，无奈道："玛莎，5美元不够的——最少也得50美元……"

大街的一角围了一些人，玛莎挤进去一看，是一个街头的轮盘赌。轮盘上依次刻着26个阿拉伯数字，每个数字对应一个英文字母。不管你押多少钱，也不管你押什么数字，只要轮盘转两圈后，指针能停在你的选择上，那么你都将获得十倍的回报。

轮盘赌的主人拉莫斯冲玛莎挥挥手，示意她让开。玛莎却没有退缩，她犹豫了一会儿，把手中的 5 美元放在了第12格上。轮盘转两圈后，停在了第12格，玛莎的 5 美元变成了50美元。轮盘再次旋转前，玛莎把50美元放在了第15格。玛莎又赢了，50美元变成了500美元。人们开始注意玛莎。

拉莫斯问："孩子，你还玩吗？"玛莎把500美元放在了第22格。结果，她拥有了5000美元。

拉莫斯的声音颤抖了："孩子，继续吗？"玛莎镇定地把5000美元押在了第5格。所有的人都屏住了呼吸，不到一分钟后，有人忍不住惊呼："上帝啊，她又赢了！"

拉莫斯快哭了："孩子，你……"玛莎认真道："我不玩了，我要请奥克多先生为我妈妈按摩——我爱我的妈妈！"

玛莎走后，有人开始计算连续 4 次猜对的概率是多少。拉莫斯则像呆了似的凝视着自己的轮盘，突然，他痛哭道："我知道我输在哪里了，这孩子是用'爱'在跟我赌博啊！"人们这才注意到，玛莎投注的"12、15、22、5"四个数字：对应的英文字母正是"L、O、V、E"！

许多时候，"爱"总是永恒不败的。

心灵寄语

有爱的地方永远都会有希望。即使我们在经历了无数次失败，失去了一切成功的机会。只要我们想一想我们所爱的人和那些爱我们的人，一切压抑都会在这一刻烟消云散。

距 离

芝 安

　　25岁的时候，我因失业而挨饿，以前在君士坦丁堡、在巴黎、在罗马，都尝过贫穷和挨饿的滋味。然而，在这个纽约城，处处充溢着豪华气息，尤其使我觉得失业的可悲。

　　我不知道有什么办法能改变这种局面，因为我胜任的工作非常有限。我能写文章，但不会用英文写作。白天就在马路上东奔西走，倒不是为了锻炼身体，因为这是躲避房东讨债的最好办法。

　　一天，我在42号街碰见一位金发碧眼的大高个儿，立刻认出他是俄国的著名歌唱家夏里宾先生。记得我小时候，常常在莫斯科帝国剧院的门口，排在观众的行列中间，等待好久之后，方能购得一张票子，去欣赏这位先生的艺术。后来我在巴黎当新闻记者，曾经去访问过他。我以为他当时是不会认识我的，然而他却还记得我的名字。

　　"很忙吗？"他问我。我含糊地回答了他，我想他已一眼看出了我的境遇。

　　"我住的旅馆在第103号街，百老汇那边，跟我一同走过去，好不好？"他问我。

走过去？其时是中午，我已走了 5 个小时的马路了。

"但是，夏里宾先生，还要走60个街口，路不近呢。"

"胡说，"他笑着说，"只有 5 个街口。"

"5个街口？"我觉得很诧异。

"是的，"他说，"但我不是说到我的旅馆，而是到第6号街的一家射击游艺场。"

这有些答非所问，但我却顺从地跟着他走。一下子就到了射击游艺场的门口，看到两名水兵好几次都打不中目标。然后我们继续前进。

"现在，"夏里宾说，"只有11个街口了。"

我摇了摇头。

不多一会儿，走到卡纳奇大戏院。夏里宾说，他要看看那些购买月戏票子的观众究竟是什么样子。几分钟之后，我们重又前进。

"现在，"夏里宾愉快地说，"咱们离中央公园的动物园只有 5 个街口了，动物园里有一只猩猩，它的脸很像我所认识的唱次中音的朋友。我们去看看那只猩猩。"

又走了12个街口，已经回到百老汇路，我们在一家小吃店面前停了下来。橱窗里放着一坛咸萝卜。夏里宾奉医生的医嘱不能吃咸菜，因此他只能隔窗望了望。

"这东西不坏呢。"他说，"它使我想起了我的青年时期。"

我走了许多路，原该筋疲力尽的了。可是奇怪得很，今天反而比往常好些。这样忽断忽续地走着，走到夏里宾住的旅馆的时候，他满意地笑着："并不太远吧？现在让我们来吃中饭。"

在那满意的午餐之前，夏里宾给我解释为什么要我走这许多路的理由。

"今天的走路，你可以常常记在心里。"这位大音乐家庄严地说，"这是生活艺术的一个教训：你与你的目标之间无论有怎样遥远的距离，都不要担心。把你的精神常常集中在 5 个街口的短短距离，别让那遥远的未来使你烦闷异常。常常注意于未来24小时内使你觉得有趣的小玩意儿。"

屈指到今，已经19年了，夏里宾也已长辞人世。我们共同走过马路的那一天永远值得我纪念。因为尽管那些马路如今大都已经变了样子，可是夏里宾的实用哲学，有好多次都解决了我的难题。

距离并没有缩短，但是心理上却减少了压力与不安，让人容易坚持走下去。

为生命喝彩

失去了一只手的人还在努力地为小小的精彩鼓掌，健康的你为什么要放弃为生命喝彩的勇气和机会呢？当然，没有足够的爱和眷恋支撑着，健康的躯壳里包裹着残破的心灵，又怎么会想到有值得喝彩的东西？

苍蝇杀死了他

雪 翠

杀死路易斯的不是苍蝇，是路易斯自己。

1965年9月7日，世界台球冠军争夺赛在纽约举行。路易斯·福克斯十分得意，因为他远远领先于对手，只要再得几分便可登上冠军宝座。这里，突然发生了一件令他意料不到的小事——一只苍蝇落在主球上。路易斯开始时没在意，一挥手赶走苍蝇，俯下身准备击球，可当他的目光落在主球上时，那只可恶的苍蝇又落到主球上。在观众的笑声中，路易斯又去赶苍蝇，情绪明显受了影响。苍蝇好像故意跟他作对，他一回到台盘，它也跟着飞回来，惹得在场观众哄堂大笑。路易斯的情绪恶劣到极点，终于失去冷静和理智，愤怒地用球杆去击打苍蝇，一不小心球杆碰到主球，被裁判判为击球，从而失去了一轮机会。本以为败局已定的对手约翰·迪瑞见状勇气大增，最终赶上并超过路易斯，夺得了冠军。第二天早上，路易斯的尸体在河里被发现：他投水自杀了。

这件三十多年前的往事，仍值得我们深思：在生活中，当"苍蝇"影响情绪时，我们该如何对待？事实上，我们在日常生活中经常会遇到这类小事，比如你正在冥思苦想一道难题，旁边不远处的人不断在说笑，让你心烦不已；你正卖力地主持单位的一台晚会，话筒却突然没有了声音，台下的观众发出了笑声……

一个人也许能处理好意料之中的大挫折、大变化，因为他有足够的心理准备。但是，对突如其来的小小"苍蝇"，却可能因没有心理准备而导致情绪恶化，最终导致工作或事业失败。杀死路易斯的不是苍蝇，是路易斯自己。

心灵寄语

遇到挫折，如果摆不正心态，再伟大的人也可能失足。

弯腰的哲学

沛 南

所有的门都是需要弯腰侧身才可以进去的。

孟买佛学院是印度最著名的佛学院之一，这所佛学院之所以著名，除了它建院历史的久远，它辉煌的建筑和它培养出了许多著名的学者以外，还有一个特点是其他佛学院所没有的。这是一个极其微小的细节，但是，所有进入过这里的人，当他再出来的时候，几乎无一例外地承认，正是这个细节使他们顿悟，正是这个细节让他们受益无穷。

这是一个很简单的细节，只是我们都没有在意：孟买佛学院在它的正门一侧，又开了一个小门，这个小门只有一米五高、四十厘米宽，一个成年人要想过去必须学会弯腰侧身，不然就只能碰壁了。

这正是孟买佛学院给它的学生上的第一堂课。所有新来的人，教师都会引导他到这个小门旁，让他进出一次。很显然，所有的人都是弯腰侧身进出的，尽管有失礼仪和风度，但是却达到了目的。教师说，大门当然出入方便，而且能够让一个人很体面、很有风度地出入。但是，有很多时候，我们要出入的地方并不都是有着壮观的大门的，况且，有的大门也不是随便可以出入的。这个时候，只有学会了弯腰和侧身的人，只有暂时放下尊贵和体面的人，才能够出入。否则，有很多时候，你就只能被挡在院墙之外了。

佛学院的教师告诉他们的学生，佛家的哲学就在这个小门里，人生的哲学也在这个小门里。人生之路，尤其是通向成功的路上，几乎是没有宽阔的大门的，所有的门都是需要弯腰侧身才可以进去的。

暂时的寄人篱下，暂时的委曲求全，都不要丧失信心，因为暂时的逆境过后，是光明的未来。

信　念

雅　枫

信念这种东西任何人都可以免费获得，所有成功者最初都是从一个小小的信念开始的。

罗杰·罗尔斯是纽约州历史上第一位黑人州长，他出生在纽约声名狼藉的大沙头贫民窟。在这儿出生的孩子，长大后很少有人获得较体面的职业。然而，罗杰·罗尔斯是个例外，他不仅考入了大学，而且成了州长。

在他就职的记者招待会上，罗尔斯对自己的奋斗史只字不提，他仅说了一个非常陌生的名字——皮尔·保罗。后来人们才知道，皮尔·保罗是他小学的一位校长。

1961年，皮尔·保罗被聘为诺必塔小学的董事兼校长。当时正值美国嬉皮士流行的时代。他走进大沙头诺必塔小学的时候，发现这儿的穷孩子比"迷惘的一代"还要无所事事，他们旷课、斗殴，甚至砸烂教室的黑板。当罗尔斯从窗台上跳下，伸着小手走向讲台时，皮尔·保罗说，我一看你修长的小拇指就知道，将来你是纽约州的州长。当时，罗尔斯大吃一惊，因为长这么大，只有他奶奶让他振奋过一次，说他可以成为 5 吨重的小船的船长。这一次皮尔·保罗先生竟说他可以成为纽约州州长，确实出乎他的意料，他记下了这句话，并且相信了它。从那天起，纽约州州长就像一面旗帜。他的衣服不再沾满泥土，他说话时也不再夹杂污言秽语，他开始挺直腰杆走路，他成了班主席。在以后的四十多年间，他没有一天不按州长的身份要求自己。51岁那年，他真的成了州长。

在他的就职演说中，有这么一段话，他说："在这个世界上，信念这种东西任何人都可以免费获得，所有成功者最初都是从一个小小的信念开始的。"

心灵 **寄语**

信念的力量是惊人的，它可以克服万难。从古至今，很多人因为具有顽强的信念，在困厄的境地有了惊人之举。信念对人生历程起着导向的作用，是人的思想和行为的定向器。信念一旦确立，就可以使人明确方向、振奋精神，无论前进的道路如何曲折、人生的境遇如何复杂，都可以使人透过乌云和阴霾，看到未来的希望和曙光，永不迷失前进的方向。

为生命喝彩

语 梅

失去了一只手的人还在努力地为小小的精彩鼓掌，健康的你为什么要放弃为生命喝彩的机会呢？

杰米·杜兰特是上一代的伟大艺人之一。他曾被邀请参加一场慰问第二次世界大战退伍军人的表演，但他告诉邀请单位自己行程很紧，只能作一段独白，然后要马上赶赴另一场表演。可是后来，他居然表演了30分钟，安排表演的负责人很不解。

杰米回答："我本打算离开，但我可以让你明白我为何留下，你自己去看第一排的观众。"

第一排坐着两个男人，两人均在战事中失去了一只手。一个人失去左手，一个人则失去右手。他们可以一起鼓掌，他们正在鼓掌，而且拍得又开心，又响亮。

心灵 寄语

　　失去了一只手的人还在努力地为小小的精彩鼓掌，健康的你为什么要放弃为生命喝彩的勇气和机会呢？当然，没有足够的爱和眷恋支撑着，健康的躯壳里包裹着残破的心灵，又怎会想到有值得喝彩的东西？

一棵核桃树

秋 旋

你必须奉献出自己的果实，否则在这个世界上，没有谁会真正认识你。

房前有片菜地，自从用篱笆圈起来，边上就长了一棵树。由于不妨碍种菜，一直就没有动它。后来，菜地荒了，篱笆没了，门前就多出了一棵树。

孩子4岁时，去了一次乡下，回来问我："妈妈，爷爷院子里有一棵枣树，我们家的这一棵也是枣树吧？"

大人不在意的事，经孩子一问，就会显得非常复杂。听了儿子的问话，我顿时犹豫起来。我还真不知道它是棵什么树。于是每有人来，我便多了一件事，那就是，问他们是否认识那棵树。

一天，农校的一位朋友来，喝茶叙旧之后，我把他引到院子里。"这棵树你该认识吧？"他审视了一会儿，说："这是一棵李子树，一看叶子就知道。"

当天晚上，我告诉儿子："以后你有李子吃了，我们家的那棵树是李子树。"

寒来暑往，日复一日。李子树一天天长大，就在孩子从幼儿园升小学的那一年，它开花了，此时，适逢爷爷从乡下来。他看着房前的李子树，说："今年你们有樱桃吃了，你看你们门前的那棵樱桃树，花开得多茂盛。"

"爷爷，那是一棵李子树。"儿子给爷爷纠正。

"傻孩子，李子树什么样子，我能不知道吗？你家的这一棵是樱桃树。"爷爷给儿子纠正。

被我们叫了三年的李子树，原来是一棵樱桃树。

爷爷走后，花开始飘落，几粒青色的果实开始显露出来。

就在儿子等着吃樱桃的时候，不知是因为当年的雨水太大，还是别的什么原因，树上看得见的几个果子开始脱落，直到一个不剩。那棵树从此再也没有人关心。

深秋的一天，房前有人丈量土地，听说开发公司要在这儿盖一栋大楼。一位画线员在那儿喊："这是谁家的核桃树，要移赶快移走，明天挖掘机就来了。"

明明是我们家的樱桃树，怎么又成了核桃树？我从家里出来，说："那是我们家的樱桃树。"

"樱桃树？我没见过樱桃树，还没吃过樱桃吗？你看看那上面，明明挂着一颗核桃。"画线员边说，边顺手指向树梢。

那儿确实挂着一枚小小的核桃。我们家房前的那棵树，不是一棵樱桃树，它是一棵核桃树。

十年过去了，每次想起我们家的那棵树，心中总有一种说不出的感慨。这棵树多次被我们张冠李戴，最后是它用一枚小小的果子，向我们证实了它的真实身份。

有时我想，这棵树是不是上帝派来向我做某种暗示的。它要我知道，作为一个人，你必须奉献出自己的果实，否则在这个世界上，没有谁会真正认识你。

心灵寄语

　　自古迄今，地球上诞生了那么多的人，而被我们认识的，都是那些在自己的生命树上结出果实的人。

另一张名片

沛 南

不能以貌取人，如果只以表面的喜恶来决定是否与他交往，说不定有一天，你会尝到懊悔的滋味。

认识一位朋友，他毕业于国内一所非常有名气的大学。后来，朋友凭着自身实力，击败众多竞争对手，进入一家效益不错的外资企业做电子营销工作。由于他的专业知识扎实，不久就被提拔为业务经理，可谓春风得意。

有一天，他们公司的老总因为去美国考察脱不开身，让他临时负责接待一些来自韩国的客户，那些客户是准备与他们公司合作开发一种新产品的。他不懂韩语，跟随的翻译对那些客户也没有做过多的引荐。在几句简单的客套之后，他像洽谈别的业务时一样，颇显潇洒地掏出随身带的名片，递给每一个在场的人。

此时，有一个身材矮胖、相貌丑陋的中年客户主动伸手跟他要了一张名片。那个相貌丑陋的中年客户令朋友感到有些莫名的厌烦。因为，他不时地问朋友一些与业务无关的问题，只是出于礼貌，朋友才勉强地回答了他几句。

在午宴，朋友几乎没有主动向他敬过一杯酒。而到散席时，那个中年客户却让翻译给我那位朋友留下这么一句话："我想接受的是你的另外一张'名片'，而不是我刚才跟你要的那张纸片。"朋友呆愣了半晌，也没有体味到他话中的含义。当我那位朋友真正明白过来时，他们公司预计的那项合作计划已经泡汤了。原因很简单，那个相貌丑陋的中年客户，竟是韩方那家公司最大的股东。

朋友虽然没有被公司辞退，但被免除了经理的职务，这个教训对于朋友来说，也许会一生难忘。因为事后，他曾多次在我面前懊恼不已地说："你呀，也一定要注意。当你递给别人第一张名片的时候，人家已经在揣摩你的第二张'名片'了。"

心灵 寄语

在复杂多变的人际关系中，一定要记住自己还有第二张"名片"，切不能以貌取人，如果只以表面的喜恶来决定是否与他交往，那么说不定有一天，你也会尝到懊悔的滋味。

为小狗让路

秋　旋

有爱存在的地方，就是天堂吧。

去年年底，在北京南三环万柳桥附近，一只小狗遭遇不幸，它在三环主路上，被来来往往的车撞死了。但是谁也没有想到，它旁边的三个同伴，居然不顾正是高峰的滚滚车流，忠实地守护着死去的小狗，舍不得将它丢弃。

过往的司机都惊呆了，本来匆忙赶路的车，开过三只小狗身边时都纷纷绕行，或者干脆停车。交通为之阻塞。两辆车因为躲避小狗而追尾。

平时在路上遇到堵车，所有的人都心急，谁都想快点儿走，互相挤来挤去，要是刮蹭着一点儿，吵架是不可避免的。但是，那一天，所有人都不再埋怨，也没有彼此责难。大家看着那三只围在自己死去伙伴身边的小脏狗，心里有的只是感动。

想起另外一个故事。在1928年3月，纽约繁忙的百老汇沃尔克大街上，一只名叫"小黑人"的母猫阻塞了交通，因为它有5只小猫需要救护。警察詹姆斯·卡德莫尔拦住了过往的汽车和行人，让"小黑人"把5只小猫叼过了马路。有人拍下了这一动人的情景，题名为《为小猫让路》。

很多时候，我们这些情感复杂的人类常常把爱藏在自己内心最深处，因为害怕会被嘲讽，会被伤害，会被拒绝。但是，三只小狗和母猫"小黑人"不懂这些，它们只知道自由地表达自己的悲伤，或者对同类的爱。

你可知道，这种爱，最原始、最粗糙，却也最纯净，在这个世界上，任何人都没有资格嘲笑它。

而有爱存在的地方，就是天堂吧！

心灵寄语

和动物比起来，人类真是汗颜！无可否认，人类由动物进化而来，自然带着动物的天性，但是人类却把动物的这种天性发挥到了极致，互相倾轧，相互残杀，而动物的这种最原始、最粗糙、最纯净的爱，和人类比起来，在当今时代是那么的弥足珍贵。

只需弯弯腰

诗 槐

人与人的差异从来到这个世界时便已然存在。

一次隆重的教师节庆祝大会上，得奖的老师正在接受他们最得意的学生上台献花。献花的学生们有的是专家教授，有的是商界名人，有的是演艺界明星。

又一位老师登场了，主持人报了学生的名字，名字前却没有任何头衔。

大家正在猜这位名人学生会是谁的时候，从台的那一边跑来了一个十几岁的胖胖男孩儿。他手中抱着一大捧鲜花，仿佛等待了很久，显得很兴奋，脸上挂着纯真灿烂的笑意。小男孩儿个子不高，看得出来有点儿智障。

他直奔老师而来，那位老师则弯下了腰，几乎是半蹲着，张开双臂用慈母般的微笑迎接他。老师接过鲜花，并给了小男孩儿一个热烈的拥抱，在场的人们都被感动了！

感悟生命

心灵寄语

　　人与人的差异从来到这个世界上时便已然存在。在人生的历程中，先天智力高人一等的人不但被对其聪明的赞美所围绕，且还要受到种种优待；而资质欠缺的人本来是应该多受到一些关爱的，却被一些人另眼相看，遭遇这样或那样的不公平。假若懂得弯一弯腰，多给身边弱势的人一些微笑，你的爱心在他那里也许就会化成和煦的阳光和甘美的雨露。

太阳照在我肩上

向 晴

　　是父亲注入他心田的那缕阳光，为他拨开眼前的阴霾，引领他步步直上，到达事业的巅峰。

　　1822年，一个中年男子因为还不起巨额债务被关进了伦敦债务监狱。他的儿子刚10岁，就被迫到面包店里干杂工，后来又经人介绍到一家炭粉店刷油漆。男孩没日没夜地工作，希望挣足钱好把父亲保释出来。到了 2 月22日——债务偿还期限的最后一天，男孩一家人仍没有把钱凑齐，父亲便被法院判为终身监禁。儿子隔着铁栏杆看着父亲泪如雨下。父亲却对他笑笑，目光慈爱而坚毅。说了句让他终身难忘的话："孩子不要哭，太阳将永远照在我肩上！"

　　这个孩子就是狄更斯，日后写出了《双城记》和《远大前程》等世界名著，并被誉为英国近代史上唯一可以和莎士比亚媲美的大作家。

　　多么伟大的父亲！厄运对他来说并非黑暗，而是一道阳光，照亮黑暗的阳光。他知道厄运难免，又不想让儿子的幼小心灵被凄风苦雨所折磨，于是强压内心的疼痛，以阳光般明朗的达观无畏，为儿子注入一种坚强的信念和勇气。

　　多年后，狄更斯在一本传记中写道："当时我有一种强烈的愿望，那就是一

定要成为一个学识渊博和与众不同的人，这个想法在我的心里翻腾，把我的心都要撑炸了……"

是阳光，是父亲注入他心田的那缕阳光，为他拨开眼前的阴霾，引领他步步向前，通达事业的巅峰。

心灵寄语

父亲对子女的成长将产生巨大的影响。一位如此坚强乐观的父亲，用一句话教会了儿子怎样面对人生的风雨。你想子女成为什么样的人，你首先就该努力做什么样的人。

心不可瞒

雁 丹

朋友到曼谷旅行，在货摊上看见可爱的纪念品，他选中三个后就问价，女摊贩的回答是每个100元，他还价60元，说了半天，她就是不同意。最后她说："我每卖出100元，才能从老板那里得到16元，若60元就卖了，什么也赚不到。"

他听了心生一计，赶快说："这样吧，你卖给我60元一个，我另外给你20元报酬，这样比老板给你的还多，而我也少花一点钱，双方都有好处。"

他满以为她会立刻答应，却见她摇头，他便补上一句："你老板不会知道的，别担心。"

她看着我的朋友，坚决地摇摇头说："佛会知道。"

心灵寄语

即使你有天大的本领让你做的某件坏事密不透风，却无论如何也逃不脱良心的监视，它会质问与谴责，让你不得安宁，最终，你依然会受到惩罚——良心的谴责。

国王和诗人

忆 莲

一个国家怎么能没有国王和诗人呢?

几十年前著名作家王蒙曾被流放新疆。

作为被改造对象,他落脚在伊宁县巴彦岱乡一户普通的维吾尔族农民家。

显然,作为一个北京来的、汉族的、正在倒霉中的知识分子,王蒙和他的房东,不仅阶级成分不同,而且种族、信仰、饮食习惯等,均有极大反差。

然而正是这户维吾尔族农民,以他们古朴宽厚的人类情怀,接纳、保护了王蒙,并教会他一口流利的维吾尔族语言。

几十年后,当有记者采访那户维吾尔族农民时,问其为何对一位异族的流放者那么善待,这家的男主人——被王蒙称为穆敏老爹的说:

"因为他是一个诗人。我们想,一个国家怎么能没有国王和诗人呢?"

心灵 寄语

　　一个国家没有了国王，会群龙无首，陷入一片混乱；一个国家没有了诗人，这个国家就失去了幻想，没有了灵魂。

发自内心

雨 蝶

我不再强求他，只是待在他身边享受父子亲密无间的时光，最后成功将他的笑容收入镜头。

有一天我想到要把儿子乔纳森的笑容拍下来，幼儿的灿烂笑容，天真明亮，铁石心肠也会为之融化。在我的心中跟星空、花朵、悦耳的音乐并列为宇宙最完美的杰作。我拿起相机，等待乔纳森的笑容。这再容易不过了，我心想，这个年纪的小孩最爱笑了。

结果却不然，乔纳森看着我，神情严肃、专注。透过镜头，我看到他正在研究相机。虽然他很配合，但是没有笑容。

于是我放下相机，就在那一刻乔纳森对我粲然一笑。没有牙齿的无邪笑容使我心动。我若无其事地拿起相机，他马上又肃穆以对。或许是因为被相机遮住，他看不到我的脸，于是镜头不动，我露出半边脸好让乔纳森看到我。没用。一等我放下相机，他又笑了，好像故意跟我作对似的。

我开始发出各种让小孩高兴的像个白痴的怪声音来逗他。这对乔纳森向来有效，但这回失灵了。乔纳森依旧一脸严肃的表情。我要维维安跟他说话，乔纳森

从不吝于对他母亲微笑，但这回还是徒劳无功。

这时候我突然觉得自己很可笑。在照相机后面的我比手画脚、指天说地，为的是让对方做一件天底下再自然不过的事。我想跟我孩子定做一个心情，以便能保存在相片中永远拥有，但我这么做却阻断了我跟他的所有接触，这种相处模式不再有趣。我这才恍然大悟：发自内心的事不能强求。

我企图操控并拥有一项生命的天赋，而且指定发生的时间及方式。

于是我决定等，接受乔纳森也可以不笑这个事实。我帮他照了几张其他表情的相片：惊愕的、怀疑的、好奇的，发现这一样很美。我也放松了许多，不再做无谓的坚持。我了解到必须顺着人生的脚步走，接受他人的情感表达方式。结果，当我不再有任何期待时，乔纳森笑了，仿佛在跟我说：你终于懂了。我不再强求他是什么样子，只是待在他身边享受父子亲密无间的时光。最后却成功将他的笑容收入镜头。

心灵寄语

生活就是这样，刻意的追求，不如放松地等待。期待的东西在无意中可以收获，享受生活的过程才是最幸福的。

今天谁替你扎好了降落伞

诗 槐

记住那些为你折叠好降落伞的人们吧！

查里斯·普拉姆，毕业于美国海军军官学校，曾是越南战争中一名喷气式飞机的飞行员。

在执行了75次战斗任务之后，普拉姆的飞机被一个地对空导弹击毁。他跳出机舱，降落到敌人手中。他被俘虏并被监禁于一所越南的监狱达 6 年之久。他在这次痛苦磨难中存活下来，并向人们讲演他在那次经历中得到的教训。

一天，普拉姆夫妇正坐在一间餐厅里面，另一张桌子的一个男人走上来说："你是普拉姆吧！越战时，你曾驾驶喷气式飞机从'小鹰'号航空母舰上起飞，后来你被击落了。"

"你究竟是怎么知道得这么清楚的？"普拉姆惊奇地问。

"是我替你扎的降落伞。"那个人回答道。

普拉姆惊讶得说不出话来，并表示感谢。

那人使劲地和他握手，说："我想那个降落伞起了作用了。"

"它当然起了作用，"普拉姆向他保证说，"如果当初你的降落伞扎得不

好，我今天就不能站在这里说话了。"

那天晚上普拉姆想着白天那个人，辗转不能入睡。他说："我一直在想象着他穿海军制服时会是什么样的：一顶白色的帽子，背后的海军领，还有喇叭裤。我在想也许我可能看到他很多次，但是却连一声'早上好'或者'你好'都没对他说。因为，正如你们所知道的，我是个战斗机飞行员，想着那个水手花很多时间在船舱的长木桌上折叠降落伞——细心地编好那些吊伞索，折好每个降落伞的伞面。每一次折叠，在无形当中都掌握着某些他不认识的人的命运。

如今，普拉姆会问他的听众们："谁在替你们折叠降落伞？"

谁都会有那么一个人在帮助他准备着需要的东西来度过每一天，普拉姆还说，当他的飞机在敌人的领土内被击落的时候，他需要许多种降落伞——他需要生理上的降落伞、心理上的降落伞、情感上的降落伞和精神上的降落伞。在他安全着陆之前，他需要所有这些的支持。

心灵 寄语

有时候，在面对日常生活中的一些困难时，我们会忽略那些真正重要的东西。我们可能忘记说"你好""请"或者"谢谢"，忘记在别人有好事的时候祝贺他们，忘记了赞美别人或者不为任何目的地做一些善事。当你顺利度过每一周、每一月、每一年，记住那些为你折叠好降落伞的人们吧！

替一朵花微笑

　　赏花的人，通过花的镜子，照见了自己心灵
的容颜。应该说，美丽与芬芳的主题，花儿已经
表达得很不错了。只有快乐，花儿还没有学会。
于是，那人便说，好吧，让我来替一朵花微笑。

天地之间的散步

佚 名

据说，上帝要教训一个浮躁的人，于是就让那人牵着一只蜗牛去散步。蜗牛行走得太慢了，那人急得连喊带叫，但是，蜗牛依然故我，背着它的小房子一点一点往前挪。那人眼望苍天，问上帝为什么用这样的法子来惩罚自己。上帝没有回答。那人于是放弃了蜗牛，听任它自己爬走。过了一会儿，那人发现蜗牛前去的地方，似乎是一个不寻常的所在！于是那人又跟在蜗牛后面，顺着那敏感触角所指的方向看去，哇，竟是一片奇丽的花海！直到这时，那人才恍然明白，原来，煞费苦心的上帝是让蜗牛带他去散步啊！

鸟在天上散步，鱼在水里散步，风在梢头散步，人呢，在天地之间散步。

我必须承认，自己先前并不会散步。一上路，就要大步流星地往前赶。"你头顶的云彩有阵雨？"最要好的女友曾这样问我。我不清楚她是在用这样的话嘲笑我走得太快，却傻傻地反问她："你怎么知道？"

后来，也许是被一只无形的蜗牛教化过了吧，我学会了散步。头顶一方青天，脚踏一片大地，我在天地之间从容行走。

这才明白，有许多景致是要慢下来方可嵌入心怀的。距离近了，端详得久了，大自然就有了丰富的表情。蕊在花中是羞涩的，叶在枝头是狂野的；草丛中的虫鸣因隐秘而放纵，大树上的蝉声随着你足音的强弱及时调整着声调的高低。一只蜻蜓飞来了，张狂地在你的眼前做飞行表演，你一伸手，指尖触到了那透明的翼，双方都吃了一惊，不待你反应过来，那精灵早飞到了天外。你高兴了，唱了一句歌儿，突然发现四周的虫鸣一齐熄灭了！你兀自笑起来。你不认为它们是被吓得缄了口，却模拟着虫儿们的口吻说："谁给你免费伴奏，哼，清唱去吧你！"

在天地之间散步，其实是在天地之间散心。把心里的爱一路倾洒，让枝枝蔓蔓花花草草都沾一点儿爱液；也听清大自然的耳语，让她对孩子的纵宠不要白费、不要落空。

心灵寄语

生活永远做不成蜗牛，不会慢悠悠地带着我们行走。生活更像一条鞭子，奋力抽打着我们这些陀螺。我们用旋转释放生命，也用旋转打发生命。在这样的辛苦旋转中，别忘了创造一只蜗牛，让它偶尔带着你去散一回步。请你模仿着它的步态与它的心态，在天地之间从容行走，走进一片不该错过的奇丽花海。

我生命中最美好的时光

静 松

现在就是生命中最美好的时光。

再过两天我就30岁了。但我却不安于踏入生命中的这个新十年，因为我担心我最美好的时光即将不再了。每天上班前去健身房做一下运动是我的习惯之一，而每天早上我也总能在那儿见到我的朋友尼古拉斯。

他是一个已经79岁，但却十分矫健的老头。在这个有些特别的日子，当我和他打招呼时，他注意到了我没有像往日那样精神，就问我是否出了什么事。我就告诉了他我对进入30岁感到的困惑，因为我很想知道当我到他这个年纪时我又将怎样回顾自己的生命历程？

于是我便问："什么时候是您生命中最美好的时光呢？"

尼古拉斯毫不犹豫地回答道："好吧，乔，对于你这个问题，正是我所能回答的。"

"当我在奥地利还是孩子时，一切都被照料得很好，并在父母的细心呵护中长大，那是我生命中最美好的时光。

"当我进入学校学习知识时，那是我生命中最美好的时光。

　　"当我获得第一份工作，重任在肩，拿到我努力所得的报酬时，那是我生命中最美好的时光。

　　"当我遇到了我的妻子而坠入爱河时，那是我生命中最美好的时光。

　　"二战爆发了，为了生存我和妻子不得不离开奥地利。当我们一起安全地坐上了开往北美的轮船时，那是我生命中最美好的时光。

　　"当我们来到加拿大共同创建我们的新家时，那是我生命中最美好的时光。

　　"当我成为一名父亲，看着我的孩子们成长时，那是我生命中最美好的时光。

　　"现在，乔，我79岁了，身体健康，感觉良好，而且依然深爱着我的妻子。所以，现在就是我生命中最美好的时光。"

心灵寄语

　　人的一生当中会有成功、失败，会有痛苦、感慨，但是仔细回想，这都是我们人生中宝贵的经历，正是这些构成了我们生命完美绚烂的画卷。我们应该用心去享受每一天，因为，每一天都是美好的。

脱掉你的外套

碧 巧

脱掉你脆弱的外套，你会发现，新的生活才刚刚开始！

一个女孩儿毫无道理地被老板炒了鱿鱼。

中午，她坐在单位喷泉旁边的一条长椅上黯然神伤，她感到她的生活失去了颜色，变得暗淡无光。这时她发现不远处一个小男孩儿站在她的身后咯咯地笑，她就好奇地问小男孩儿："你笑什么呢？"

"你坐的长椅的椅背是早晨刚刚漆过的，我想看看你站起来时背后是什么样子。"小男孩儿说话时一脸得意的神情。

女孩一怔，猛然想道：昔日那些刻薄的同事不正和这个小家伙一样躲在我的身后窥探我的失败和落魄吗？我决不能让他们的用心得逞，我决不能丢掉我的志气和尊严。

女孩儿想了想，指着前面对那个小男孩儿说："你看那里，那里有很多人在放风筝呢！"等小男孩儿发觉自己受骗而恼怒地转过脸时，女孩儿已经把外套脱了拿在手里，她身上穿的鹅黄色的毛衣让她看起来既青春又漂亮。小男孩儿甩甩手，嘟着嘴，失望地走了。

心灵 寄语

　　生活中的失意随处可见，真的就如那些油漆未干的椅背在不经意间让你苦恼不已。但是如果已经坐上了，也别沮丧，以一种"猝然临之而不惊，无故加之而不怒"的心态面对，脱掉你脆弱的外套，你会发现，新的生活才刚刚开始！

缺陷是一种恩惠

冷 薇

　　小男孩儿很伤心，因为他第一次在课堂上朗读课文的时候就受到了嘲笑。刚开始读的时候还好，只是偶尔有一些不连贯，随着同学们的笑声四起，他慌得更加厉害，读起来越发结结巴巴，丢字落句。起初同学们忍着，窃笑着，后来简直就变成了哄堂大笑。要不是老师的制止，他真不知道该怎样把剩下的课文读完。

　　小男孩儿得知自己患了诵读障碍症后，开始害怕在课堂上朗读课文，害怕在公共场合大声讲话，他突然变得沉默起来。

　　可是这一切并没有阻止他刻苦学习。面对同伴们的嘲笑，他更加勤奋，每做一件事情他都要付出双倍的努力，他发誓要消除那个横在他与别人之间的差距。

　　可怕的缺陷没有击倒他，反而磨炼了他的意志，让他从小就养成了努力刻苦的好习惯。当他以第二名的优异成绩毕业于一所中学的时候，他已经渐渐走出了缺陷带来的阴影。

　　中学毕业后，他进入杜克大学学习，后来又转到西弗吉尼亚大学就读法律专业，在那里，他很喜欢打篮球，从这项运动中他体会到了团队精神的重要性。

　　1991年，他正式加入思科，1995年接任思科总裁之后，思科一跃成为世界最大的网络设备制造商。他就是美国思科系统公司总裁约翰·钱伯斯先生。

如今，钱伯斯会在任何可能的机会和场合宣传思科的业务。每逢有他的演说和座谈，总是场场爆满，掌声阵阵。但是，又有多少人知道这是一个曾经患有诵读障碍和公共场合讲话恐惧的人呢？

上帝果然是公平的，他给你一个优点，也会给你一个缺点，反之亦然。

缺陷固然令人遗憾，但并不致命。只要能战胜精神上的"缺陷"，你的不足反而会成为一种动力、一种激励，甚至是一种优势。

心灵 寄语

有人说，世界上每个人都是被上帝咬过一口的苹果，都是有缺陷的人。有的人缺陷较大，那是因为上帝特别喜爱他的芬芳。看看今天的钱伯斯，谁能说缺陷不是一种恩惠呢？

每种改变都要付出代价

慕茵

年初，在电脑公司做软件设计的朋友辞职出来，几个人合伙创办一个电脑网络公司，需要租一间办公室。去了几个地方，最后选中离市中心稍远但交通方便的一个写字楼。楼主是外地的一位农民，干装修发家后买了这栋楼，一共8层，1层是大堂，2层和顶层他自己公司用，3层至7层出租。朋友去的时候，4层至7层已租满，3层空闲，朋友就选了3层一间60平方米的房间，签订了两年的租赁合同。交了房租，搬进去开始办公。

整个3层只有朋友一家公司办公，每天出出进进，倒也方便。但是这种情况只持续了三个多月，"五一"节前，楼主在报纸上登出房屋租赁广告，广告一刊出，3层就变得热闹起来，进进出出的人很多，都是来看房子的。朋友也并没在意，因为别人租房和他无关。接着，就到"五一"节了，朋友关了公司，外出度假去了。节后休假回来一上班，楼主就来找他，态度诚恳，和他商量："有一家公司想要租用一整层楼，现在3层只有你们一家公司，4层正好倒出一个空房间，而且装修过，比3层好，所以想让你们搬到4层。你可以先去看看房间。"

　　朋友听了，感到有些突然，本没打算搬家，但是看到人家态度诚恳，又不好拒绝，就答应上楼看看房间再说。4 层看上去比 3 层好，房间装修过，但是面积大，有100平方米。朋友心想："房间不错，不如就答应搬上来，把3层倒出来让他租给别人。这样大家都好。"

　　想不到朋友还没开口，楼主却先说了话："这个房间比你楼下的大，我派人从柱子那夹开，这样这个房间和你楼下的面积一样。"

　　朋友听了，很不高兴，心想："一样的面积，我为什么要搬？3 层那间办公室本来已经租给我了，你无权再整层出租。"于是，朋友微微一笑，说："我决定不想搬。"说完，一扭头下楼了。

　　过了两天，楼主又下楼找朋友，态度更加诚恳："我知道，我们无权让你搬走。但是，你知道现在房子不好租，我们打了几期广告，好不容易才找到租户，而且要一整层。所以请你帮帮忙，就算我求你了，你搬上去，房间我也不夹开了，都给你用，多出的面积今年内不算租金，明年按面积增加。你看这样行不行？"

　　朋友摇摇头："不行，我是按照我的预算租下这间办公室的，不想有改变，如果改变，那也一定是按照我的意愿，而不是别人强加给我的。"

　　一个星期后，楼主第三次下来，找到我的朋友。此时，他已经知道，仅有态度是不够的，忍痛做出最后让步："如果你愿意，4 层那个房间整个都给你用，两年内房租按原来的数目收缴，搬家的人力、费用由我们公司出。"

　　朋友听了，微笑着点点头，说："我可以答应你，我知道，你已经为此付出了代价，但是如果我拒绝，你损失会更大。所以你看，每一种改变都要付出代价，从一开始，你就应该知道。那样，我们也不会拖到今天。"

　　接下来发生的事，不难预料：双

方签订了一份补充合同，第二天，朋友就搬到了 4 层办公。但是，接下来发生的事，却大大出乎所有人意料，谁也没想到：原先想租用 3 层楼的那家公司，因为等不及，在朋友搬家的那天，选定了在别处的一层写字楼。

心灵寄语

　　每一种改变都需要付出代价，你可以少付代价，但是不可能不付。如果你想不付出一点儿代价，结果往往会付出更大的代价。

没有人会死在这里

采 青

有时候，创造奇迹的不是巨人，也许只是一句简单的话。

多克是一个信差，他始终坚信自己的使命就是向人们传递快乐。因此，他的口袋里总是装着许多小纸条，上面写着一些鼓励性的话。他将信件和电报送到人们手中的同时，也留给他们一张小纸条，告诉他们"今天是美好的一天""要笑口常开""别再烦恼"。

第二次世界大战期间，多克因为年龄太大而没有入伍，但他自告奋勇到野战医院做了一名志愿者，协助医生救死扶伤。

有一天，他突发奇想，在医院路边的墙上写了一句话："没人会死在这里。"他的行为引起了大家的注意，有人说他疯了，也有人认为这句话无伤大雅，不必擦掉。

就这样，那句话就留在了墙上。

后来，不但伤员，就连医生、护士包括院长，都渐渐地记住了这句话。伤病员们为了不让这句话落空而坚强地活着；医生和护士为了这句话，尽力地给病人最精心的医治和护理，这间医院变成了一间坚强的医院，每个人的脸上都有一种

盼望和坚毅的表情。

心灵寄语

　　有时候，创造奇迹的不是巨人，也许只是一句简单的话。而一句鼓励的话语，就是给对方一件免费却珍贵的礼物。它在他们的生命里，微不足道，却往往重如千钧。

在野草中发现金子

凝 丝

布须曼人是南非的少数民族，过着封闭的生活。他们是捕猎高手，能通过观察动物留在地上的痕迹，判断是什么动物及其性别、年龄、是否受伤、是否发情等。由于猎物越来越少，他们不能再靠打猎过日子了。

于是，布须曼人像被上帝遗弃的孤儿，他们几乎都是文盲，没有工作，只能靠卖鸵鸟蛋挣钱。许多姑娘生了孩子还住在自己父母家，因为她们的男人无法养活她们。

南非某科研机构一个叫哈里的年轻人在这里考察时，看到了布须曼人的贫穷生活后，他决心要拯救这些世界上最穷苦的人。

在与布须曼人共同生活一段时间后，哈里发现，尽管他们没有粮食，却也没有人被饿死，因为贫穷的布须曼人被逼无奈，就去吃一种沙漠中生长的野草来果腹。

这种野草是一种多汁的仙人掌科植物，味甘苦，布须曼人称之为奥迪亚，在广袤的红色沙漠上，到处生长着一簇簇的奥迪亚。布须曼人在沙漠上走得饿了，就随手揪一片奥迪亚放进嘴里咀嚼，空空的肚子就饱了。

正是这种布须曼人果腹的野草，引起了哈里的关注，他觉得这种能维系布须

曼民族生存的野草不是一般的野草。

　　哈里采了几片叶子，带回了开普敦。经过研究发现，这种叫作奥迪亚的野草里面，含有一种神奇的抗饥饿分子，这种分子正是全球科学家们寻找了几十年的治疗肥胖症药物的理想原料。

　　当哈里把这一发现公布出去后，英国和美国的一些医药公司纷纷来到南非，与布须曼人签订收购这种野草的合同。

　　现在，布须曼人从前赖以度过饥荒的野草成为抢手的比金子还昂贵的东西，他们也因此每年约有640万欧元的收入。

　　布须曼人没有想到的是，在祖祖辈辈生活的地方，一种看似普通的野草改变了他们的命运。

心灵 寄语

　　我们有时也同布须曼人一样，对身边珍贵的东西熟视无睹。千万不要对身边平凡的一切漠不在乎，那里可能就蕴藏着巨大的财富。

人格的力量

静 松

一代相声大师马三立仙逝，有几个细节令人动容。以马三立在相声界的威望，人们以为会开隆重的追悼会以示纪念，但他去世仅 9 个小时，就完成了下葬仪式，甚至有些媒体还来不及赶到，马老已经入土为安。他生前立下遗嘱，一是葬事从简，二是不收任何人的礼金。一代宗师，以简朴的方式告别了人世，留下太多的叹息和不舍，令后人景仰。

而他生前说的最多的一句话是：不要麻烦别人。这句话成了他的口头禅，他的学生在回忆他说这句话时，泪流满面。其实是很朴素的一句话，却把马三立的性格刻画得淋漓尽致。他一生最怕给人麻烦，能自己解决的尽量自己解决。不要麻烦别人说起来容易做起来很难，马三立没说过什么惊天动地的话，也没有太惊天动地的事，但是他朴素的性格和为人的谦逊足以让他成为相声界的泰斗。

不要麻烦别人。多好的一句话，不仅独善其身，还避免给别人带去不必要的麻烦。因为有些人，一点点小事就闹得满城风雨鸡犬不宁，而马老在生命的最后日子还是愿意把欢乐带给别人。有人说在去世的前一天去探望他，他还随口说段子，把人逗得十分开心。他不仅是没有麻烦别人，还给别人带来了很多欢乐。所

以，怀念马三立和他的相声是有理由的。

心灵寄语

　　人格是一个人内在灵魂、修养、见识和品质集中的体现，一个人的人格往往是无法掩饰或伪装的，它是一个人生命本身的一种自然的流露，所以，有的人你会感到他像是一棵巨树，枝繁叶茂，耸干入云，任凭风吹雨打，我自依然昂首向上，使人们不能不深深地感受到他人格的力量；有的人你会感到他像滚滚的江河，任何堤坝都无法阻挡他汹涌向前的执着。

五英里

雅枫

在非洲的一个原始丛林里，有一个著名的土著部落，他们拒绝汽车，拒绝电，拒绝服饰，拒绝一切现代文明，他们狩猎、刀耕火种，住草棚和山洞，依旧过着古朴原始的生活。

近年来，许多世界各地的游览者都慕名来到距那个部落不远的一个小城里，渴望能到那个部落去目睹一下那里的风光和生活，但从这个小城到那个部落，没有公路，不通汽车，要去，只有靠两条腿去一步一步丈量着跋涉。

在那个小城的启程点上，每一个旅行者问起小城距那个部落有多远时，人们都会友好地告诉你说："哦，不远，只有 5 英里。" 5 英里不论对哪一位旅行者来说，都不是太远的路程，于是人们便高高兴兴地出发了，他们沿着一条草径穿过一片片的丛林，在他们走得又累又渴时，便会看见第一个用树皮搭建的路边小店，于是，便会有人走上去问店主说："请问，这里距那个部落还有多远？"

"哦，不太远了，可能还有不到 4 英里远。"店主笑笑回答说。于是旅行者们便又高高兴兴地上路了，但他们走啊走啊，又走得人困马乏时，还是没有看到那个部落的影子。于是，在他们失望的时候，又马上会看到一个路边小店，有人便又会问店主："请问，这里距那个部落还有多远呢？"

店主笑眯眯地说："已经不远了，再坚持走一会儿你们就可以走到了。"于是，旅行者们立刻又高高兴兴地往前赶去。

在经过几个这样的丛林路边小店后，旅行者们最终赶到了那个部落里，但很多来此旅行的人都很疑惑，不是说只有 5 英里的路吗，怎么走起来竟需要大半天？

其实，他们走的已远不是 5 英里，那个部落距离小城，最起码有50英里远。直到返程时，路边小店的人才会真实地微笑着告诉他们说："其实，你们最少已走了50英里远。"

旅行者们立刻大吃一惊：50英里？这太不可思议了。他们觉得根本没有那么远，50英里，想想都叫人发怵。平常，很多人连10英里都走不了，又怎么能够跋涉50英里远呢？所以，他们宁肯相信：小城距那个部落的路程，最多只有 5 英里。

其实，小城和那个部落的距离最少有50英里长。如果你诚实地告诉每一个旅行者："这里距那个部落至少有50英里远。"那么，或许有很多旅行者会立刻止步的；但你告诉他们只有短短的 5 英里时，他们肯定是没有一个望而却步的，毕竟5英里对于一个旅行者来说，并不是一个望而生畏的距离。

一个七十多岁的法国旅行者在得知自己确实一步一步走了50多英里远时，他对自己的双腿顿时大为惊讶，他说："要不是说只有 5 英里和路边小店里那些距离越来越近的回答，我是不可能走完50英里的，50英里，对于我来说，简直是个奇迹

了。"

　　也许是的，平淡和奇迹的道路也许是同一条路，奇迹者成功的最大秘密是：在崎岖而漫长的道路上，他幸运 地得到了一次又一次的鼓励。

心灵 寄语

　　鼓励，是平淡的废铁成为韧钢的好炼炉！

水到绝境是飞瀑

凝 丝

瀑布的壮观是在没有退路的时候形成的，繁星的璀璨是在黑夜到来后弥漫的。

曾有一位作家，在股票交易中损失惨重，一下跌进贫穷的深渊。从锦衣盛食到潦倒寒酸，他并没有泄气，他开始节衣缩食，勤奋写作，期望能依靠赚取的稿费偿还债务。他的朋友们为了帮助他渡过难关，组织募捐，许多人纷纷解囊，一些大公司、大财团更是不惜出巨资想雇用他终身写广告词……他一一拒绝着这些难得的机会，把自己关在书房里，一个月、两个月、一年、两年，日复一日、年复一年，他紧咬着一个信念，随着他一本接一本轰动一时的新书问世，他很快就偿还了所有债务，建设起自己的新生活。

这位作家的名字，享誉世界：马克·吐温。

曾经采访过这样的一个人，一场突然而至的灾难夺走了他的父母，百万家财也随着灾难化烟而散，亲朋们都远远地避开了他，他这个平日里依靠父母养尊处优的公子哥似乎只有潦倒落魄。然而，5年后，他的名字叱咤当地商界，资产超过千万元。我采访他的时候，他凝重异常地说过一句话：同一扇窗口向外看，有的人看到满地泥泞，有的人看到繁星璀璨。

从山巅到崖底是什么？从繁花到冷雪是什么？从平川到绝壁是什么？变幻人生将一些绝境横亘面前，也将品性推上验证的崖头。从古至今，由外到中，一个个传奇故事向我们揭示着一种情境：在沉浮荣辱的大关口，坚韧的人性之美最能折射出希望所在。

绝境处可以粉身碎骨，绝境处也可以飞珠溅玉。

心灵 寄语

绝境是人生的醒悟和升华。因为绝境是人生失败的结束，也是走向成功的开始。

替一朵花微笑

向　晴

那日造访王叔，受到极高礼遇。老人家先是赏我品素有"黄金芽"之称的清明前西湖龙井，然后，就将自己近年得意的摄影作品悉数搬出来给我看。

作品中有许多风景是我熟悉的，但借着王叔的眼睛看世界，就看出了一种别样的美丽。我在看照片，感觉出王叔也在看我。我晓得，他渴盼着从我的脸上读到最新鲜的惊喜与赞赏。

后来，我看到一幅有趣的作品，画面是王叔和一朵盛开着的月季花。王叔满脸纵横交错的笑纹和月季千娇百媚的面庞相映成趣。最有意思的是作品的题目，居然是《替一朵花微笑》。

"这张照片是我自拍的，"王叔略带羞涩地说，"阳台上有一棵月季，临近冬天的时候突然开出了这么漂亮的花。这是多么值得记下来的事！我寻思，要是这花知道它开放的时间是这么与众不同，它一定会笑的。可它是花，它没法笑，那我就替它笑呗！"

"替一朵花微笑"？我的心一下子被一种极温软的情愫注满了。在这个佳句面前，不由得悄然自问："我，可曾有过如许心情？"

少年时，可能想过替一朵花美丽。叛逆的眼光，带着不与四季共舞的傲慢，看山不是山，看水不是水。那时，狂野的心里定当有个不曾察觉的声音，那就是——让我替一朵花美丽！不懂得欣赏，更不懂得珍视。挑剔是每日必做的功课。以为花儿的美丽是欠缺的美丽，以为唯有自己才可以替花儿抹掉这份欠缺。

后来，少年远去，这颗心，开始奢望着替一朵花芬芳。越是美艳的花，就越容易遗忘了芳香。我站在蝶儿飞舞的光影里，将自己想象成一株朝向太阳打开了繁丽心思的植物。我渴盼着用蝶儿能够听懂的语言，召唤它，挽留它，让它因了一种难以拒斥的神秘气息而流连忘返。

我远没有学会说"替一朵花微笑"。

想想看，真正担当起一朵花的快乐，是不是比梦想着担当起一朵花的使命重要得多？

替一朵花微笑，是一种繁华落尽后的淡泊与清宁。冬天说来就来了——花的冬天，人的冬天；但是，在冬天到来之前，有一朵忽略了季节的月季，天真地哼着歌曲，翩然降临在一个属于她的阳台上。赏花的人，通过花的镜子，照见了自己心灵的容颜。应该说，美丽与芬芳的主题，花儿已经表达得很不错了。只有快乐，花儿还没有学会。于是，那人便说，好吧，让我来替一朵花微笑。

茶香袅袅。"黄金芽"的叶片，在清水中复活了它嫩绿的记忆。在这样一个寻常的午后，我相信自己已被点开了"天目"。我看见了自己虚妄的昨天和凡庸的今天，当然，我更看见了自己超拔的明天。明天，我定将步一个智者的后尘，

在茫茫人世间智慧地采撷、顿悟，带着对精彩人生的最佳解说，带着让花儿释怀的美丽微笑，幸福地约会春光。

替一朵花微笑，想说的心情和感动，一如潮里涛声、秋日碧空、眉心的阳光和指间的温暖，悠远淡定，清宁高洁。让心扉半掩，立一阙青苔石阶，存几缕淡阳温暖。

敬　启

　　本书的编选参阅了一些期刊报纸和著作的文字以及图片，由于多种原因我们未能与部分入选文章和图片的作者（或译者）联系。敬请原作者（或译者）见到本书后，及时与我们联系，我们将按国家有关规定支付稿酬并赠送样书。

编 委 会

邮箱：chengchengtushu@sina.com